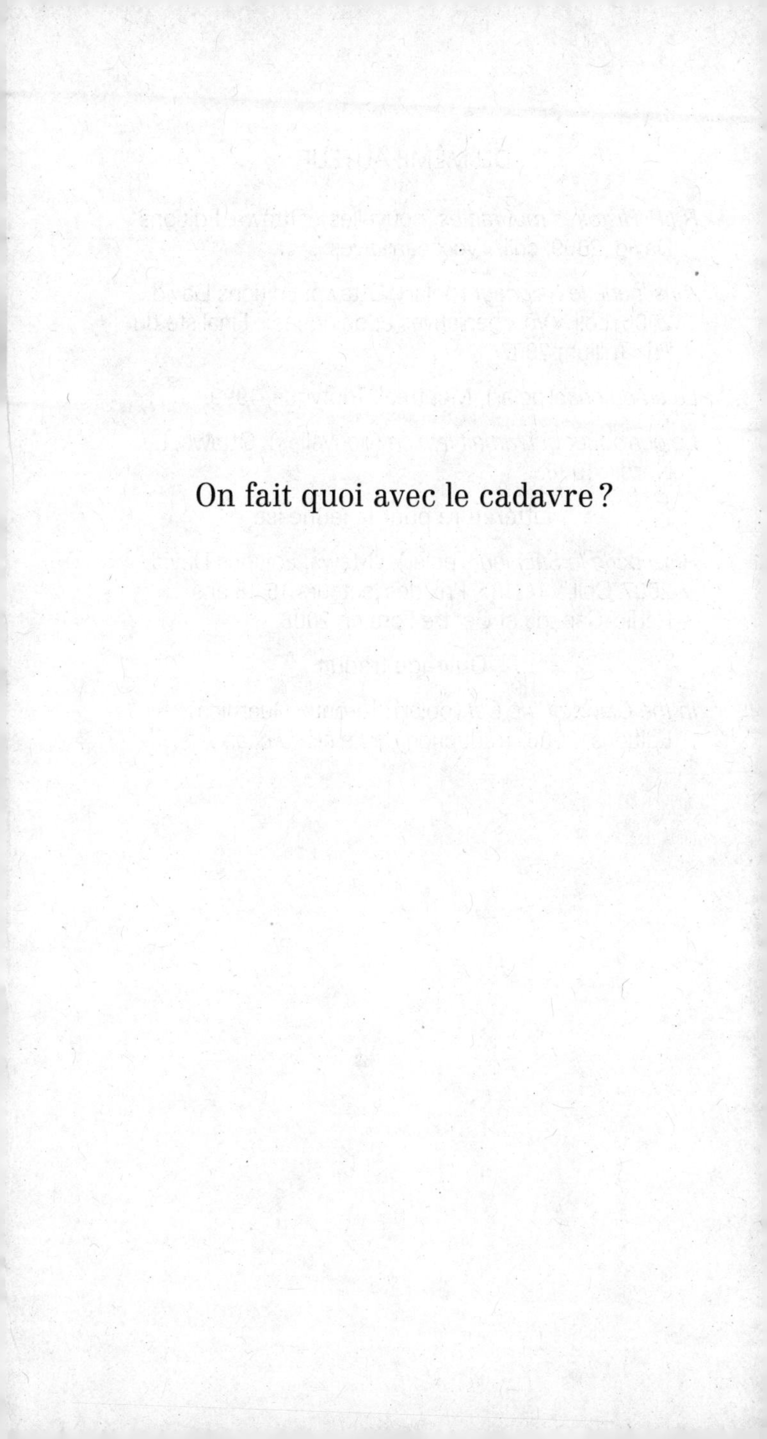

On fait quoi avec le cadavre ?

DU MÊME AUTEUR

R.I.P. Histoires mourantes (nouvelles), Ottawa, Éditions David, 2009, coll. «Voix narratives».

Ainsi parle le Saigneur (polar), Ottawa, Éditions David, 2006, coll. «Voix narratives et oniriques». Finaliste du Prix Trillium 2007.

Le cri du chat (polar), Montréal, Triptyque, 1999.

Le perroquet qui fumait la pipe (nouvelles), Ottawa, Le Nordir, 1998.

Littérature pour la jeunesse

Ainsi parle le Saigneur (polar), Ottawa, Éditions David, 2007, Coll. « 14/18 ». Prix des lecteurs 15-18 ans Radio-Canada et Centre Fora en 2008.

Ouvrage traduit

In the Claws of the Cat (polar), Toronto, Guernica Editions, 2006. Traduction de *Le cri du chat.*

Claude Forand

On fait quoi avec le cadavre ?

NOUVELLES

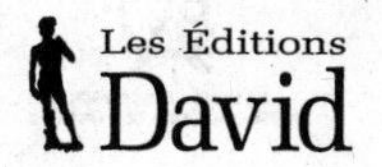

Les Éditions David remercient le Conseil des Arts du Canada, le Secteur franco-ontarien du Conseil des arts de l'Ontario et la Ville d'Ottawa. En outre, nous reconnaissons l'aide financière du gouvernement du Canada par l'entremise du Programme d'aide au développement de l'industrie de l'édition (PADIÉ) pour nos activités d'édition.

Les Éditions David remercient également le Cabinet juridique Emond Harnden.

Catalogage avant publication de Bibliothèque et Archives Canada

Forand, Claude, 1954-
On fait quoi avec le cadavre? / Claude Forand.
(14/18)
Nouvelles.
ISBN 978-2-89597-110-8
I. Titre. II. Collection: 14/18
PS8561.O6335O6 2009 jC843'.54 C2009-902009-2

Révision : Frèdelin Leroux
Maquette de la couverture, typographie et montage :
Anne-Marie Berthiaume graphiste

Les Éditions David
265, rue St-Patrick, Bureau A
Ottawa (Ontario) K1N 5K4
www.editionsdavid.com

Téléphone : (613) 830-3336
Télécopieur : (613) 830-2819
info@editionsdavid.com

Dépôt légal (Québec et Ottawa), 2e trimestre 2009

Il paraît qu'on n'apprend pas à mourir
en tuant les autres.

François-René de CHATEAUBRIAND

Un tueur sentimental

Eduardo Carrera descendit du taxi à l'adresse prévue, jeta un coup d'œil à l'immeuble devant lui et grimpa l'escalier jusqu'au troisième étage. Après s'être assuré que personne ne l'avait remarqué, il inséra la clé dans la serrure et ouvrit la porte. La pièce était abandonnée et une odeur aigre le saisit à la gorge. Quelques boîtes de carton vides et des câbles téléphoniques traînaient sur le tapis. Il verrouilla la porte derrière lui et se dirigea vers le fond de la pièce.

L'unique fenêtre donnait sur la rue, plus précisément sur le Café Montclair, un établissement populaire en ville. Eduardo souleva lentement le store. En cette fin d'après-midi de juin, les clients occupaient les quelques tables à l'ombre sur la terrasse devant le café. Il sortit une enveloppe brune de sa poche de veston et examina attentivement la photo qu'elle contenait. Puis, il prit ses jumelles et son regard balaya à tour de rôle les clients attablés devant le Café Montclair. Il s'immobilisa soudain. Aucun doute possible. C'était bien l'homme sur la photo. Son regard fixa à nouveau intensément l'individu assis à la terrasse.

Eduardo sortit son mouchoir et s'épongea le front. Il desserra sa cravate et enleva son veston de bonne coupe. La chaleur de fin de journée était telle que le ventilateur au plafond n'arrivait pas à dissiper la moiteur qui envahissait la pièce. Mais ce n'était qu'un détail sans importance. Il n'était ici que par affaires, le temps de s'occuper du type assis au café Montclair. Le moment, l'angle et l'éclairage étaient parfaits. Comme il se disait souvent : *Batti il ferro quando è caldo.* Il faut battre le fer quand il est chaud.

C'était ce qu'il appelait « faire un carton ». Dans sa jeunesse, à Naples en Italie, son père l'amenait souvent à la fête foraine. L'attraction préférée d'Eduardo était le stand de tir, où sa précision incroyable lui valait une certaine admiration. Par la suite, il avait fait carrière dans l'armée italienne avant d'immigrer. Trente ans plus tard, il était toujours un tireur d'élite. Mais plutôt que l'admiration, la récompense était cette fois une épaisse liasse de billets verts.

Eduardo mit sa main sur sa veste et tâta l'épaisseur de l'enveloppe. Son client lui avait remis 30 mille dollars en billets de 100 dollars et lui en avait promis autant une fois le travail accompli. C'était son tarif pour « faire un carton ».

Il ouvrit sa mallette et en sortit une carabine. Il l'assembla méthodiquement, presque amoureusement, et y installa en dernier lieu une lunette d'approche. Eduardo avait répété ces gestes des dizaines de fois durant sa carrière de tueur professionnel. C'était sa façon à lui de faire corps avec son arme. Il s'embusqua derrière la fenêtre du local, pointa la carabine en direction de la terrasse et colla l'œil au viseur de sa lunette. La tête de sa victime apparut dans l'objectif.

Eduardo posa le doigt sur la gâchette.

Soudain, son regard se voila. Il se redressa brusquement et regarda par la fenêtre. Sa victime était toujours assise à la terrasse du Café Montclair. Eduardo colla à nouveau l'œil sur sa lunette d'approche et regarda intensément sa future victime. Cette fois, ses yeux se remplirent de larmes et un profond chagrin l'envahit. Il déposa sa carabine sur le tapis et joignit les mains.

— Mais qu'est-ce qui m'arrive ? Qu'est-ce qui m'arrive ?

Il respira profondément à quelques reprises pour retrouver son calme et reprit plusieurs fois la procédure habituelle. Ce fut peine perdue. Son regard se voilait à chaque tentative d'appuyer sur la gâchette. Environ une demi-heure plus tard, sa victime quitta le café.

Eduardo partit lui aussi de cet endroit, plus inquiet que jamais. En dix-huit ans de carrière, c'était la première fois qu'un tel incident se produisait. Il se dit que c'était sûrement un malaise passager, mais il n'avait aucune chance à prendre. Après tout, son gagne-pain était d'être un tueur à gages, pas de pleurer sur le sort de ses victimes !

Le soir même, il se rendit chez un ami de longue date, Roberto Giglio, lui aussi un ancien assassin professionnel. Après les formalités d'usage, Eduardo vida son verre de vin et se confia à son vieux copain.

— Dès que je pose le doigt sur la gâchette, c'est comme si une force intérieure me paralysait. Et je pleure comme un *bambino* !

Roberto l'écouta attentivement, en hochant parfois la tête.

— L'explication me semble assez simple : ton passé te rattrape, mon vieux...

— Que veux-tu dire? demanda l'autre, sans comprendre.

Roberto se leva et remplit à nouveau les verres.

— En presque vingt ans de carrière, combien de personnes as-tu éliminées, Eduardo? Cent cinquante? Deux cents?

L'autre approuva d'un signe.

— Vois-tu, on te paye pour exécuter le contrat demandé. Tu ignores tout de ta future victime. Malgré tout, tu es convaincu qu'elle mérite la mort, autrement le doute ne te permettrait pas de durer dans ce métier, es-tu d'accord?

Eduardo s'interposa.

— Je ne doute jamais, Roberto. Je suis convaincu que chacune de mes victimes mérite de mourir!

— Tu ne doutes pas, peut-être, mais avec les années, tu as accumulé du remords, mon vieux. Ça me semble évident. Tu ne songes pas à la victime, mais aux conséquences de sa disparition pour sa famille et ses proches. Tu te dis que ta victime est peut-être un salaud, mais un salaud qui fait vivre une famille, une entreprise, des trucs du genre. Le remords est aussi dangereux que le doute, Eduardo, car il paralyse d'abord ton cerveau, puis ton doigt sur la gâchette. Et le résultat est le même : tu deviens incapable d'exécuter ton contrat.

Eduardo écouta l'explication de son vieil ami et resta silencieux un moment. Il finit par dire :

— Je... je dois abandonner, c'est ça?

Roberto hésita avant de répondre.

— Ce métier est toute ta vie, Eduardo. Tu n'as pas de femme, pas d'enfants, très peu d'amis. Sur la rue, personne ne se retourne sur ton passage, tu es l'assassin parfait, celui qui se confond dans la foule et dont on oublie vite le visage.

Eduardo répéta sa question :

— Mais je dois abandonner?

Roberta arpentait la pièce devant lui.

— Peut-être pas, mon vieux. Tu dis n'avoir aucun doute dans ton esprit, mais s'il était possible d'éliminer aussi ton sentiment de remords, alors tu redeviendrais toi-même.

— Que suggères-tu?

— Combien de « commandes » as-tu pour l'instant? demanda Roberto.

— Deux à 60 000 $ et une autre à 100 000 $.

L'autre siffla entre ses dents.

— Santa Maria! C'est beaucoup d'argent. Il faut te remettre d'aplomb et vite. Voici ce que je pense : si j'avais ce problème, je contacterais chacune de mes trois prochaines victimes, pour la persuader de changer de vie. Je te laisse le soin de la méthode à employer pour l'intimider. Mais si elle refuse de changer, je reviendrais l'assassiner quelques mois plus tard.

— C'est très bien en théorie, mais si chacune de mes futures victimes change de vie, je serai vite en chômage! objecta Eduardo.

Roberto sourit.

— Sois tranquille. La nature humaine étant ce qu'elle est, il n'est pas donné à tout le monde de changer. En revanche, si tu constates que tes menaces donnent des résultats, ton sentiment de remords disparaîtra et tu redeviendras le tireur d'élite que tu étais!

Eduardo aimait l'idée et se mit au boulot dès le lendemain.

Sa première victime, un comptable du centre-ville, se rendit après sa journée de travail à sa voiture garée au troisième sous-sol de l'édifice. Dès qu'il s'assit derrière le volant, l'homme sentit le canon d'un pistolet semi-automatique 9 mm appuyé sur sa nuque.

— Tu t'appelles Charlie, n'est-ce pas? Alors Charlie, ne te retourne pas et garde les mains sur le volant.

L'homme était pétrifié. Il jeta un coup d'œil dans le rétroviseur, mais son agresseur portait une cagoule.

— Que... que voulez-vous? Prenez mon portefeuille.

Eduardo lança une pile de photos sur le siège avant près de l'homme.

— Je ne veux pas de ton argent. Regarde ces photos. Tu es en compagnie de jeunes enfants. Des photos dégueulasses. J'ai ordre de t'abattre aujourd'hui même et je vais toucher 60000 dollars pour ma bonne action. Mais ces temps-ci, j'ai aussi le cœur sensible, vois-tu. Alors je vais te donner la chance de changer de vie, Charlie. Quitte ce réseau de pédophiles et tu n'entendras plus jamais parler de moi. Sinon, je te retrouverai.

Charles resta silencieux un instant et finit par dire :

— Combien de temps me...

Il jeta à nouveau un coup d'œil dans le rétroviseur. Le siège arrière était vide.

Deux jours plus tard, Eduardo se rendit à nouveau chez son ami Roberto. Il était rayonnant.

— Pour la première fois depuis longtemps, j'ai éprouvé une sensation de bien-être incroyable, mon vieux ! J'ai donné à ce type la chance de changer de vie. S'il refuse, je sens en mon âme et conscience que je pourrai exécuter le contrat sans hésiter.

Roberto approuva. Les deux hommes se serrèrent la main.

La semaine suivante, Eduardo sentit qu'il était temps d'entrer en contact avec sa deuxième victime. Le repérage s'avéra plus difficile : il s'agissait d'une femme d'environ 40 ans, qui avait fraudé l'industrie florissante de son mari. Avec les années, elle avait détourné à son profit personnel plus de trois millions de dollars avant de disparaître de la région. Après plusieurs démarches, un contact d'Eduardo avait réussi à la localiser dans un chalet isolé au bord d'un lac.

Il avait plu toute la soirée. À l'intérieur, la future victime d'Eduardo dormait. Elle entendit soudain un volet claquer à l'extérieur et se réveilla en sursaut. À sa grande surprise, un étranger masqué était au pied du lit, son pistolet braqué sur elle.

La femme serra sa jaquette contre elle et se redressa brusquement pour allumer la lampe de chevet.

— Qui êtes-vous ?

— Mon nom n'a aucune importance. Vous êtes Marie, n'est-ce pas ? Je suis ici par affaires, alors vous allez m'écouter. Vous allez remettre les 3 millions volés à l'entreprise de votre mari. Je vous accorde un délai de quinze jours.

La femme crâna presque.

— Mais... mais je n'ai pas cet argent ! Je ne l'ai plus !

Eduardo hocha la tête.

— C'est votre affaire. Quinze jours. Sinon je vous tue.

Pendant qu'il parlait, il avait remarqué une paire de chaussures d'hommes près du lit. Ses yeux firent nerveusement le tour de la pièce plongée dans la pénombre.

— Où est l'homme qui… ?

Avant que la femme n'ait pu répondre, Eduardo vit une ombre se profiler dans le miroir au-dessus du lit. Il se retourna brusquement et abattit la crosse de son pistolet sur le crâne de celui qui s'apprêtait à le frapper par derrière. L'autre s'effondra au sol.

Après s'être assuré que son assaillant était toujours vivant, Eduardo recula vers la porte. Lorsque Marie le suivit des yeux à l'extérieur, il avait disparu dans la nature.

Le lendemain, Eduardo revint chez Roberto pour lui raconter les détails de sa visite de la veille.

— Quand j'ai constaté à quel point cette femme n'avait pas le moindre remords du mal qu'elle avait fait, j'ai réalisé que ce sera plus facile d'exécuter mon contrat le temps venu.

— Parfait, dit Roberto. Je constate que tes contacts avec tes futures victimes te redonnent de l'aplomb !

Eduardo laissa passer une semaine avant de s'atteler à son troisième contrat. À 100 000 $, celui-là était plus compliqué que les autres. Sa future victime était un chef de la mafia locale, Donni Broqua, qui ne sortait jamais sans ses gardes du corps. Après l'avoir discrètement suivi pendant quelques jours, Eduardo connaissait maintenant assez bien ses allées et venues.

Il décida que l'opération «intimidation» allait se dérouler au chic restaurant italien Trivoli, situé au centre-ville. Eduardo avait appris que ce parrain de la mafia, un habitué des lieux, viendrait souper tard ce samedi-là, vers l'heure de fermeture habituelle.

Le chef de la mafia arriva au restaurant vers minuit trente et descendit de la limousine noire entouré de trois hommes. Il entra directement au Trivoli et s'installa à une table du fond, où ses protecteurs assis devant lui faisaient barrage à tout intrus. Les derniers clients venaient de partir.

Les quatre hommes dégustèrent un souper de pâtes bien arrosé, tout en discutant vivement. Des chansonnettes italiennes jouaient en arrière-plan. Vers 1 h 45 du matin, Donni Broqua sentit soudain le besoin de soulager sa vessie…

Ses hommes se levèrent et l'un d'eux l'accompagna jusqu'à la porte des toilettes. Le chef des mafieux entra le premier, arme au poing, et se pencha pour voir si l'une ou l'autre des trois cabines était occupée. Après s'être assuré que non, il sortit et Donni Broqua entra seul.

Le patron de la mafia alla dans la première cabine, referma la porte et s'assit sur le siège de toilette. Eduardo était dans la troisième cabine, debout sur le siège. Il en sortit silencieusement, vint se placer devant la cabine de Donni Broqua et donna un violent coup de pied dans la porte, qui s'ouvrit avec fracas et heurta le mafieux en plein front.

Donni Broqua porta la main à son front ensanglanté. La douleur était terrible. Il allait appeler à l'aide, mais la vue du pistolet 9 mm, braqué sur lui par un étranger masqué, l'en dissuada. Il devina que cet homme savait mieux que lui où étaient ses gardes du corps en ce moment.

— J'ignore qui vous êtes, dit-il en grommelant, mais vous ne sortirez pas vivant d'ici ! J'ai trois hommes armés dans le restaurant.

— Je viens d'envoyer trois jolies Italiennes leur tenir compagnie, alors fermez-la ! Vous avez fait abattre Bonifacio pour vous emparer de son territoire. Les gens qui me payent vous trouvent trop ambitieux, alors ils ont décidé de vous éliminer.

Donni Broqua allongea le bras vers Eduardo et baissa la tête.

— Je vous demande pitié. Je... je vais m'occuper de la famille de Bonifacio. Ces gens-là ne manqueront plus jamais de rien, je vous le promets !

Eduardo l'écouta avec attention. Il trouvait futile d'espérer qu'un chef de la mafia change de vie, mais sa promesse allait dans le sens de ses convictions personnelles. Il s'avança vers le mafieux et l'assomma avec la crosse de son pistolet, pour sortir tranquillement comme il était venu, par la fenêtre du fond de la salle de bain.

Environ deux mois plus tard, Eduardo voulut vérifier si les trois futures victimes qu'il avait intimidées avaient changé de vie. Le pédophile Charlie avait-il quitté le réseau ? La fraudeuse Marie avait-elle remis l'argent à l'entreprise ? Et le parrain de la mafia, Donni Broqua, s'était-il occupé de la famille de l'homme qu'il avait fait assassiner ? Eduardo savait que la suite de sa carrière allait dépendre des réponses à ces questions.

À sa grande surprise, il apprit que ces trois individus étaient morts à deux semaines d'intervalle dans des circonstances tragiques. Eduardo connaissait cette signature. La police avait conclu qu'il s'agissait d'un travail de professionnel.

Ce soir-là, Eduardo s'installa dans un appartement vide en ville. Lentement, il assembla sa carabine et plaça en dernier lieu la lunette d'approche. Il attendit environ une demi-heure. La porte de l'immeuble en face s'ouvrit et un homme en sortit finalement. Eduardo appuya sur la gâchette.

Roberto Giglio s'écroula au sol.

Le party chez Max

— Alors vous viendrez samedi, c'est promis ?

Maximilian Poplowski nous regardait avec insistance. Grand, athlétique et dans la quarantaine, il avait sûrement porté l'uniforme militaire dans sa Pologne natale. Il s'était passionné pour les mathématiques et l'histoire de l'art à Paris, avant d'immigrer ici il y a une dizaine d'années.

Je jetai un coup d'œil à ma femme Véronique, avec un air chargé de sous-entendus. Max travaillait depuis quelques années à ce restaurant français, La Mansarde, et savait égayer nos visites régulières. Son service et ses manières étaient impeccables, sans compter que nos conversations avec lui étaient toujours agréables. Mais de là à accepter une invitation chez lui, il y avait un pas que j'hésitais à franchir. Ce fut Véronique qui succomba la première au charme de Max.

— Bernard et moi serons enchantés d'aller à votre party samedi prochain, Max.

Une lueur de joie éclaira ses yeux bleu azur.

— Attendez, je vais vous indiquer comment vous rendre chez moi. C'est un jeu d'enfant, vous allez voir.

D'après les indications fournies, Max habitait sur une route de campagne près de la ville voisine. Pour un ancien étudiant en mathématiques, ses directives ne brillaient pas de logique. Véronique déplia la feuille blanche qu'il nous avait remise : rouler 2,4 kilomètres dans le 7e Rang ; à la boîte aux lettres verte, tourner à gauche.

— On roule depuis plus de trois kilomètres et toujours pas de boîte aux lettres verte ! dis-je d'un ton impatienté.

— Alors c'est que tu l'as ratée ! rétorqua Véronique, toujours sous la coupe de notre serveur de restaurant.

— C'est vite dit. Elle a peut-être été repeinte en jaune ou en mauve depuis le temps, cette fameuse boîte aux lettres.

Véronique poussa un profond soupir, qui en disait long sur son appréciation de mes talents de conducteur.

— Tu ne crois quand même pas que Max aurait dit jaune si c'était une...

— Là voilà ! La voilà ! dis-je, en annonçant que le marqueur indiquait 3,4 kilomètres et non 2,4 kilomètres.

Véronique scruta l'écriture sur la feuille.

— Mon Dieu qu'il a une drôle d'écriture, Max ! C'était vraiment un « 3 », on dirait...

Le reste du trajet se déroula dans un lourd silence.

Quelques kilomètres plus loin, l'adresse du 25369, rang de la Rivière apparut sur une autre boîte aux lettres, surmontée de la pancarte « Max et Wanda Poplowski ». J'aperçus une vieille maison centenaire en briques rouges, éloignée de la route et derrière laquelle se profilait une grange en ruines. Une véranda plus récente avait été ajoutée sur le côté sud de la maison. Un énorme Bouvier des Flandres nous suivit silencieusement jusqu'à la porte d'entrée.

Max vint à notre rencontre dès qu'il nous aperçut.

— Ah, mes chers amis, que c'est gentil d'être venus !

Véronique lui remit une bouteille de vin et une gerbe de fleurs.

— Wanda est au salon avec les invités, dit Max. Venez que je vous présente.

Le vestibule où nous étions débouchait sur une grande salle de séjour en bois verni où la plupart des invités s'étaient rassemblés. Max et Wanda avaient fait un excellent travail de rénovation. Les lieux semblaient avoir conservé leur cachet d'antan grâce à l'abondance de détails d'époque comme les moulures, les fenêtres à volets et les beaux meubles rustiques. Tout au fond, le feu qui crépitait dans le vieux foyer en pierres créait une ambiance très accueillante.

Je comptai une dizaine d'invités en tout. Max me prit soudain le bras et m'entraîna vers un homme d'une soixantaine d'années, d'allure sévère, en complet et cravate, qui discutait avec autorité parmi quelques personnes littéralement suspendues à ses lèvres.

— Professeur Schlitzman, je vous présente Bernard, un ami à moi !

Cette interruption inattendue mit soudainement fin à la conversation. Son auditoire s'éparpilla et Max, quelque peu embarrassé, s'excusa. Le professeur Schlitzman pencha la tête vers moi, me dévisageant par-dessus ses lunettes austères.

Je lui tendis la main, mais il l'ignora. Max, cette fois-ci troublé, tenta de reprendre la situation en main.

— Bernard, le professeur enseigne à l'Université de Jérusalem et fait présentement un séjour ici à titre de conférencier. C'est un spécialiste de la régénération cardiaque post-infarctus et il a beaucoup publié sur le sujet. Professeur Schlitzman, Bernard est comptable agréé et je suis certain qu'il s'intéresse à...

Mais tant l'attention du professeur que la mienne furent vite détournées par la présence autour de nous d'une femme affichant une élégance et un charme peu communs. Mince et brune, elle était vêtue d'une robe de soirée en satin pourpre et son regard était littéralement envoûtant.

Max murmura à mon oreille :

— Elle s'appelle Chichi Verdais. C'est une femme de théâtre qui a fait carrière dans les années 70 et 80 surtout aux États-Unis. Il paraît qu'elle était l'une des comédiennes fétiches de Tennessee Williams.

— Le grand dramaturge américain?

Max hocha la tête en écarquillant les sourcils.

— Mais qu'est-ce qu'elle fait ici? demandai-je, étonné.

— Ma femme Wanda est d'origine américaine. Elle et Chichi étaient des amies d'enfance en Arizona. Il y a une quinzaine d'années, Chichi a marié un riche homme d'affaires de la région et a mis fin à sa carrière active aux États-Unis. Wanda me disait qu'elle donne encore, à l'occasion, des cours de théâtre.

Lorsque le regard de Chichi Verdais croisa le mien, je tombai sous le charme. Dieu du ciel, cette femme devait avoir vingt ans de plus que moi, mais elle était extraordinaire! Chichi avait sûrement deviné mon état de délabrement total et s'était approchée.

D'une voix suave et ronde, elle tendit son bras en disant simplement :

— Je suis Chichi.

Je déposai mes lèvres sur sa main gantée de noir. Elle avait dit «Je suis Chichi» comme si toute la planète savait qui elle était. Mais pour l'instant, je me foutais de la planète. J'étais littéralement envoûté et ça me suffisait.

Plusieurs autres invités s'étaient regroupés autour de nous pour l'entendre relater les hauts faits de sa carrière théâtrale américaine. Chichi maniait son passé avec autant d'aisance que son fume-cigarette. Oui, elle avait «intimement» connu le célèbre homme de théâtre Arthur Miller, avant qu'il n'épouse Marilyn Monroe. Oui, elle avait déjà joué à plusieurs reprises avec Marlon Brando. Et oui, c'était bien vrai qu'un acteur était mort dans ses bras, foudroyé par une crise cardiaque pendant une scène d'amour torride en 1982 à Broadway.

Une voix derrière moi lança : «Quelle femme fascinante!» Je me retournai pour apercevoir Véronique, aussi admirative que je l'étais. Je lui pris la main pour nous dégager des gens qui se pressaient autour de nous.

Max nous repéra et vint à notre rencontre.

— Alors, notre petite soirée vous plaît?

Nos regards ébahis devaient en dire long, puisqu'il interpella une femme près de lui.

— Wanda, je te présente mes amis Véronique et Bernard. Ce sont des clients réguliers à La Mansarde.

Une femme courte, potelée et l'air sévère, s'avança en nous tendant la main.

— Je suis enchantée de vous rencontrer. Merci d'être venus à notre party.

Elle parlait un français correct, mais je devinai une mince trace d'accent américain dans sa voix, surtout lorsqu'elle prononça le mot «party». Elle portait un chandail et un pantalon noirs, et ses lunettes à monture de chat lui donnaient un air rétro.

— Certains de vos invités sont... formidables! lança Véronique, encore sous le choc de sa rencontre avec Chichi.

Wanda apprécia la remarque. Max se tourna vers elle avec un sourire complice.

— Ma femme connaît beaucoup plus de célébrités que moi!

— Vous êtes aussi dans la restauration, Wanda? demanda Véronique.

— Non, je fais de la recherche.

L'instant d'après, elle s'excusa et alla retrouver d'autres invités.

Max se tourna vers moi :

— Dites-moi Bernard, avez-vous vu le film «Espoirs sans lendemain»? C'est un long métrage tourné au Moyen-Orient, qui relate la vie quotidienne des Palestiniens et de leurs luttes avec Israël depuis une vingtaine d'années.

Je dus avouer mon ignorance.

Il m'entraîna au fond de la salle.

— Le film a été tourné par Mohammed Madas. C'est un cinéaste qui a lui-même perdu une partie de sa famille lors des guerres entre Palestiniens et Israéliens. «Espoirs sans lendemain» a été en nomination aux festivals du film de Cannes et de Berlin.

Mohammed Madas portait un veston bleu, ainsi qu'un foulard et un béret très parisien. Son visage était envahi par une épaisse barbe noire et des verres fumés, et il gesticulait sans cesse. En nous voyant approcher, il se retourna brusquement pour me serrer la main.

— Vous êtes aussi un client du restaurant de Max ? demandais-je.

— De Max ? Non, mais je connais bien Wanda. Au fait, où est-elle, je la cherche depuis une demi-heure. Max, où est Wanda ? Max, Max, j'attends !

Sa voix prit un ton paniqué.

Max tenta de rassurer le cinéaste :

— J'avais oublié, monsieur Madas. Désolé. Je vais chercher Wanda tout de suite !

Max disparut et je me retrouvai seul avec le cinéaste, à tenter de faire la conversation.

— Sur quoi travaillez-vous en ce moment, monsieur Madas ?

— Pardon ?

Il semblait à cent lieues d'ici et bourré de tics nerveux.

— Quels sont vos projets de films ?

— Mais de quel film parlez-vous ? Et puis, fichez-moi la paix, voulez-vous ! fit-il d'un ton irrité, en m'envoyant paître de la main.

Il s'éloigna en criant à tue-tête le nom de Max dans la salle.

Près du piano à queue, une femme drapée dans une tunique mauve croisa mon regard lorsque je passai près d'elle.

— Asseyez-vous ! m'ordonna-t-elle.

J'obéis.

Elle s'installa dans le fauteuil devant moi et étala une série de cartes sur la table. Cœur, carreau, trèfle, pique... Les cartes défilaient à une vitesse hallucinante, mais mon attention était ailleurs. La cartomancienne poussa soudain un cri :

— Partez immédiatement!

— Je... quoi?

— Partez vite, avant qu'un malheur n'arrive!

— Mais de quoi parlez-vous, c'est seulement une petite fête d'amis qui...

Des éclats de voix provenant du fond de la salle attirèrent soudain mon attention. Je quittai la cartomancienne pour aller rejoindre Véronique. Tous les invités s'étaient regroupés autour du cinéaste palestinien Mohammed Madas et du professeur Schlitzman de l'Université de Jérusalem, que l'on m'avait présentés plus tôt. Les deux hommes discutaient visiblement de politique au Moyen-Orient et chacun défendait farouchement des positions opposées.

J'ignore au juste quand la discussion s'envenima. Les deux hommes perdirent toute politesse et en vinrent aux coups. Mohammed Madas était plus costaud et frappait le professeur Schlitzman allongé au sol en lui criant des injures. Sans prévenir, il s'empara d'un appuie-livres en bronze sur la table à café et le balança de toutes ses forces sur le crâne du pauvre professeur. À la vue du sang qui giclait partout, les autres invités se mirent à hurler et à courir dans toutes les directions. Je vis Max sortir son téléphone cellulaire pour appeler la police.

Encore sous le choc, je restai pétrifié. Véronique me poussa vers la porte.

— Vite, partons d'ici!

Ma conscience me disait de rester.

— Mais nous devons faire une déclaration à la police, Véronique. Nous avons été témoins d'un meurtre!

Véronique insista.

— Partons vite, Bernard. Il y a quelque chose de bizarre ici. As-tu remarqué qu'il y a douze invités, mais seulement deux véhicules dehors : notre automobile et un petit autobus scolaire derrière la maison. Qui sont tous ces gens et d'où viennent-ils?

L'argument réussit à me convaincre de quitter rapidement les lieux.

Le lendemain, le journal local relata en première page le meurtre survenu au 25369 rang de la Rivière. Mais nulle mention de Mohammed Madas ni du professeur Schlitzman. L'article expliquait plutôt qu'un certain Damien Gingras avait frappé à mort un dénommé Gérard Provencher, lors d'une querelle survenue à une petite fête. Les deux hommes étaient des patients de l'hôpital psychiatrique local. L'article précisait aussi que la docteure Wanda Poplowski, psychiatre d'origine américaine, avait été interrogée par la police à la suite du meurtre. Elle se spécialisait dans le traitement des patients mégalomanes. En recourant au jeu de rôles, Wanda incitait ses patients à vivre pleinement leur «folie des grandeurs» en entrant dans la peau de leurs personnages réels ou imaginaires. Avec la complicité de son conjoint Max, elle organisait parfois des petites soirées chez elle pour ses patients, auxquels elle mêlait à l'occasion des amis proches pour lui permettre d'évaluer les progrès thérapeutiques. Le soir du drame, tous les invités au party de Max étaient des patients psychiatriques.

Tous, sauf Véronique et moi...

On fait quoi avec le cadavre ?

Serge tourna le coin de la rue et arrêta sa Jeep devant le café Viva Italia.

— Regarde cette bagnole, Fred, elle est superbe !

Les deux hommes admirèrent en connaisseurs l'élégante berline Mercedes-Benz de série E stationnée devant le café.

— Ne parle surtout pas de bagnole ! Ce modèle-là, c'est une beauté classique qui traverse les époques sans rides. Transmission automatique à cinq vitesses, puissance de 221 chevaux, freins antiblocage ABS, freinage assisté BAS. Un beau joujou qui va chercher dans les 75 000 dollars, c'est certain.

Serge se frotta les mains de plaisir.

— Parfait. J'aurais un client aujourd'hui même pour celle-là, mon vieux ! Tu te mets à l'œuvre, maestro ?

Fred hocha la tête.

— Ne compte pas sur moi. Trop difficile à ouvrir ce truc-là.

Serge eut recours à son argument massue habituel.

— Si tu fais pas le coup, alors c'est moi qui le ferai.

Fred grinça des dents.

— T'es super pour négocier avec les clients, Serge. Mais pour déverrouiller et faire démarrer illégalement une voiture, je serais meilleur que toi, même les deux mains attachées dans le dos. Alors, laisse-moi procéder. On s'appelle sur le cellulaire.

Sur ce, Fred sortit de la Jeep et marcha lentement sur le trottoir qui bordait le café Viva Italia. On était en milieu de journée. Un après-midi d'avril encore frisquet et les quelques tables sur la terrasse étaient désertes. Fred passa à quelques reprises devant la Mercedes aux vitres teintées, mine de rien.

— Merde, on risque peut-être que le proprio soit dans la bagnole ! lança Serge sur son cellulaire.

— Faudrait ouvrir la porte pour le savoir, répondit l'autre.

Au même instant, Fred vit un préposé aux contraventions s'approcher du café. Le fonctionnaire posa un billet sur le pare-brise de la voiture garée juste devant la Mercedes.

— Attendons. Si le proprio est dans la voiture ou au café, il va certainement sortir pour éviter la contravention, ajouta Fred.

Lorsque le préposé arriva à la Mercedes quelques minutes plus tard, il vérifia le parcomètre. Après s'être assuré qu'il était échu, il rédigea une contravention. Le propriétaire n'était nulle part en vue. C'est alors que Fred passa à l'action. Quand le fonctionnaire fut reparti, il s'approcha de la porte du conducteur, souleva la poignée et la porte s'ouvrit ! Il se glissa sur le siège du conducteur, refusant de croire à sa chance : la clé était dans le démarreur.

— Serge, peux-tu imaginer qu'un type soit assez stupide pour ne pas verrouiller les portes d'une voiture de ce prix-là!

L'autre l'incita à déguerpir au plus vite.

— Le pauvre imbécile est peut-être en train de déjeuner quelque part. Il mérite qu'on lui pique sa bagnole! Amène-la à l'atelier qu'on lui refasse une petite beauté.

Fred prit le volant et conduisit la voiture une dizaine de kilomètres plus loin, après avoir traversé une série de ruelles pour s'assurer qu'il n'était pas suivi. C'était ce qu'il appelait son *modus operandi*, sa façon habituelle de procéder qui fonctionnait à tout coup. Quand Fred arriva à l'ancien garage que Serge avait surnommé son «atelier de maquillage», son complice l'attendait déjà avec son coffre à outils.

Serge s'apprêtait à faire quelques modifications à la voiture volée quand son cellulaire sonna.

— Ouais, c'est moi. Quand? Dans une heure? Impossible. Il m'en faut au moins quatre... bon, bon, d'accord, si vous insistez.

Il raccrocha en se tournant vers Fred.

— Je t'avais parlé d'un client pressé d'avoir la Mercedes aujourd'hui. C'est le cas, mon vieux. Il veut la voiture dans l'état actuel dans une heure et il est prêt à payer quatre mille dollars de plus.

Fred haussa les épaules. Ce qui l'intéressait, lui, c'était le plaisir de voler une auto, les quelques minutes pendant lesquelles l'adrénaline coulait à flot dans ses veines, pompée par la peur d'échouer, de se faire prendre. Dans ces moments-là, il avait la sensation de vivre à cent milles à l'heure! L'aspect financier du boulot, il le laissait à Serge. Celui-ci prit le volant et se mit en route pour livrer la voiture au client.

À son retour deux heures plus tard, ils terminèrent l'après-midi en trinquant à la brasserie du coin. En début de soirée, le cellulaire de Serge sonna à nouveau. Quand il raccrocha, Fred sut que c'était une mauvaise nouvelle. Son copain tremblait...

— La Mercedes, fit Serge.

— Et alors ?

— Le client vient de rappeler. Il y a un cadavre dans le coffre !

Fred bondit sur ses pieds et cria :

— Un cadavre dans...

Serge l'attrapa par le bras et le força à baisser le ton.

— Mais ferme ta gueule, bon sang !

— J'ai piqué une auto avec un cadavre dans le coffre ? murmura Fred, en serrant les dents pour ne pas éclater de rage.

— Attends, laisse-moi réfléchir, ajouta Serge. Pour l'instant, le client est en colère et veut ravoir son argent tout de suite. Je vais aller récupérer la bagnole et on verra après pour le cadavre.

Quand Serge revint avec la voiture volée peu avant minuit, il constata que Fred perdait patience.

— J'espère que t'as balancé le cadavre dans le fossé en revenant, mon vieux. Ça réglerait notre problème pour de bon ! dit-il.

Serge eut une expression de dégoût.

— J'aurais jamais le courage de faire ça, tu le sais bien.

Ils ramenèrent la Mercedes à l'atelier de maquillage. Serge alla derrière la voiture et appuya sur la télécommande. Le coffre s'ouvrit de quelques centimètres. Fred se pencha pour vérifier l'intérieur. L'odeur les fit reculer.

— Pouah! Le cadavre doit être là depuis plusieurs jours, c'est certain.

Serge ouvrit complètement le couvercle du coffre arrière. La masse humaine qui dégageait une odeur nauséabonde avait les mains et les pieds ficelés. Une mare de sang recouvrait la moquette du coffre à la hauteur de la tête de la victime, tuée de deux balles à la nuque. L'homme portait un veston de bonne coupe.

— On dirait un règlement de compte, fit Fred.

— La mafia, tu penses?

En se pinçant le nez d'une main, Fred fouilla de l'autre les poches du cadavre, à la recherche d'une pièce d'identité.

— Le gars doit avoir la cinquantaine. Moi, je dirais qu'il est Italien. Regarde, il a des cheveux noirs lissés par en arrière.

— Ça ne veut rien dire. Sois sérieux, voyons.

— Et regarde, des souliers italiens en plus! Alors là, mon vieux!

De plus en plus angoissé, Serge serra son copain par les épaules. Il tremblait.

— Si jamais c'est la mafia, ces gens-là n'hésiteront pas à nous descendre!

Fred sursauta à son tour.

— Et ton client, tu penses! Il peut nous dénoncer à la police!

Serge reprit sa contenance.

— Jamais. Je le connais depuis des années. C'est un type honnête.

— Tellement honnête qu'il achète des autos volées, tu parles! s'exclama Fred.

Serge insista.

— C'est une erreur bête et stupide de notre part, mon client le sait très bien. On n'est pas des assassins, nous autres, juste deux petits voleurs de bagnoles bien tranquilles.

Les deux hommes continuèrent de réfléchir en silence durant quelques minutes, malgré l'émotion qui les étreignait.

Serge fut le premier à réagir.

— J'ai trouvé ! On est des pros, pas vrai ? Alors demain matin, on va tout simplement ramener la Mercedes devant le café Viva Italia où on l'a piquée, avec le cadavre dans la valise, comme si de rien n'était. Le proprio de la voiture va la reprendre et s'occuper de son cadavre. Tout le monde sera content et nous, on sera débarrassés pour de bon. Même si la police vient nous interroger, mon vieux, que veux-tu qu'elle fasse ? On n'aura ni la bagnole, ni le cadavre en notre possession. On sera blanc comme neige !

Fred approuva le plan. C'était parfait.

Le lendemain matin vers neuf heures, Fred prit le volant de la Mercedes, suivi de Serge dans la Jeep, qui donnait ses directives sur son cellulaire.

— Va discrètement stationner le véhicule en face du café Viva Italia et continue à pied dans la ruelle. Je t'attendrai là. Pas d'urgence. Le café ouvre seulement à dix heures.

Mais en approchant du café, les deux hommes aperçurent soudain des pancartes qui détournaient la circulation vers l'autre rue. Une équipe d'ouvriers avec de la machinerie lourde s'affairait bruyamment à refaire tout un tronçon d'asphalte devant le café Viva Italia.

— Merde ! fit Fred sur son cellulaire. Impossible de stationner la Mercedes devant le café. À moins de l'abandonner dans la ruelle derrière ?

Serge s'objecta.

— Non, mon vieux. Pas avec un macchabée dans la valise. Quand Viva Italia ouvrira à 10 heures, j'irai aux nouvelles. Un client d'un café qui se fait voler une grosse Mercedes, ça doit quand même faire jaser un peu dans le quartier italien, non ?

Peu après l'ouverture, Serge entra avec son journal sous le bras et s'installa au comptoir. Une dizaine de clients étaient déjà sur place. Il commanda un expresso. Quelques minutes plus tard, deux hommes prirent place sur les sièges voisins. Serge pouvait entendre leur conversation. L'un d'eux racontait qu'un certain Paolo s'était fait voler sa Mercedes la veille, en plein devant l'établissement. Avant de repartir, Serge s'approcha du patron et lui remit un numéro de téléphone.

— Dites à Paolo de m'appeler. C'est au sujet de sa bagnole.

Quand Serge sortit du café, Fred se rua sur lui, exaspéré.

— Faut ramener la Mercedes à l'atelier ! Moi, je suis plus capable ! La puanteur est insupportable. On pourrait au moins se débarrasser du cadavre, tu ne crois pas ?

Serge hésitait.

— On va donner jusqu'à ce soir à ce Paolo pour nous appeler.

Fred insista.

— Penses-y, mon vieux. Si on ne fait rien, on va gaspiller complètement l'intérieur d'une superbe voiture de 75 000 dollars ! Et je ne parle pas seulement de l'odeur ! Ça fait au moins trois jours qu'un cadavre en décomposition pourrit dans le coffre !

— Ok, ok, on s'en débarrasse alors ! rétorqua Serge, à bout de patience. Mais c'est à toi de le faire.

En fin de soirée, ils conduisirent la Mercedes à la sortie de la ville, jusqu'au pont de fer qui surplombait l'embouchure du Lac à la vase. L'endroit était désert. Fred et Serge détachèrent la chaloupe attachée sur le toit de la voiture et l'amenèrent jusqu'à la rive.

— On va ramer jusqu'au milieu du lac. C'est tellement profond que personne ne le retrouvera jamais notre macchabée, dit Fred.

Les deux hommes sortirent le cadavre du coffre et le placèrent dans un sac de couchage. Puis, ils attachèrent des blocs de ciment tout autour pour le couler à pic. Après avoir ramé une dizaine de minutes, Fred annonça que l'endroit était suffisamment profond. Ils larguèrent la cargaison en cadence dans le lac : 1... 2... 3 ! Le cadavre toucha l'eau avec un clapotis qui brisa le silence de la nuit.

— C'est fait, dit Fred. Comme dans les films de motards !

Cette nuit-là, Serge fut incapable de dormir. Il savait bien que ni lui, ni Fred n'étaient responsables de la mort de ce type, mais ils avaient quand même agi comme des meurtriers.

Son cellulaire sonna. Il était 6 h 24 du matin. À l'autre bout du fil, son interlocuteur était silencieux, mais Serge entendait sa respiration profonde.

— Allô, qui parle ?

— Paolo.

L'accent italien le fit bondir en bas du lit.

— Ah oui, monsieur Paolo !

— C'est vous qui avez emprunté ma voiture ?

Serge avait les nerfs en boule et contrôlait mal ses émotions.

— Euh oui, « emprunté », comme vous dites !

— Vous voulez de l'argent, j'imagine ?

— Non, non. Pas d'argent. On voulait juste vous rendre votre bagnole, je veux dire, la Mercedes.

Sa réponse fut suivie d'un long silence à l'autre bout du fil.

— Pourquoi t'as décidé de la ramener comme ça, *subito,* ma voiture ? demanda l'Italien.

— Parce... parce que c'est vraiment pas la voiture qu'on voulait voler, monsieur Paolo, baragouina Serge. On s'est comme trompés de modèle !

L'Italien s'efforça de prendre un ton amical.

— Correct, correct. Des erreurs, ça arrive à tout le monde. Alors, je vais te dire ce qu'on va faire. Tu vas rapporter ma Merdedes devant le café Viva Italia la nuit prochaine, avec le *prosciutto* dans le coffre bien entendu et on oublie toute cette histoire. Je suis *fair* avec toi, tu trouves pas ?

Serge ravala sa salive de travers.

— Euh, c'est correct pour la Mercedes, monsieur Paolo. Mais le *prosciutto*, on l'a plus. On s'en est débarrassés. Le coffre est vide.

Il entendit son interlocuteur discuter vivement en italien avec quelqu'un près de lui. Quand Paolo parla à nouveau, Serge sentit la colère refoulée dans sa voix.

— C'est ton problème ! Garde la Mercedes si tu veux, mais je te conseille de me ramener le *prosciutto* cette nuit ! *Capice* ?

Avant que Serge n'ait répondu, l'Italien avait brusquement raccroché. Il téléphona immédiatement à Fred sur son cellulaire.

— Dis donc, le lac où on a largué le cadavre, c'est profond ?

Fred réfléchit un instant.

— Environ 160 pieds.

Serge sursauta.

— Merde ! Connais-tu un bon plongeur ? Faut retrouver le cadavre qu'on a largué. Monsieur Paolo était pas content. Il veut absolument le récupérer, ça m'a l'air important.

Fred soupira au téléphone.

— Je ne vois vraiment pas comment, mon vieux. Souviens-toi que l'endroit s'appelle comme par hasard le Lac à la vase !

Serge jongla avec le problème une partie de la journée. Dans un premier temps, il demanda à Fred de remettre la voiture en parfait état. En milieu d'après-midi, la Mercedes fut soumise à un troisième lavage haute pression complet à l'extérieur, avec désinfectant puissant à l'intérieur et dans le coffre. Pour une voiture qui avait dégagé une odeur de cadavre en décomposition pendant trois jours, ils durent avouer que le résultat était remarquable. Elle était prête à être retournée à son propriétaire. Restait l'autre condition exigée par l'Italien. Et celle-là, Serge ne voyait vraiment pas comment y parvenir, à moins d'un miracle.

Mais Fred ne partageait pas ses craintes.

— Soyons réalistes, mon vieux : que veux-tu que ton Paolo fasse avec un cadavre en état de décomposition ? Déjà qu'on lui ramène sa Mercedes de 75 000 $ quasiment intacte, c'est ça le miracle !

Vers deux heures du matin, après s'être assurés que le quartier était désert, ils se mirent en route pour rendre la voiture à son propriétaire. Comme le prévoyait leur plan, Fred abandonna la Mercedes volée devant le café Viva Italia, puis courut rejoindre Serge au volant de la Jeep dans la ruelle.

Le lendemain matin, Serge se leva plus tard qu'à l'habitude. Encore endormi, il descendit machinalement à la cuisine préparer du café. En allant ramasser son journal sur le portique, il remarqua une superbe voiture noire stationnée dans l'entrée de cour. Une Mercedes de série E. Après avoir jeté un coup d'œil aux alentours pour s'assurer qu'il n'était pas surveillé, il s'approcha par curiosité de la voiture et ouvrit la porte du conducteur. Les clés étaient sur le siège. Il les prit et ouvrit prudemment le coffre arrière.

Les espadrilles et la montre Timex de Fred étaient dedans.

Enquête au Foyer Beauséjour

Maman n'a pas l'habitude de se plaindre. Elle habite au Foyer Beauséjour depuis six ans et coule des jours plutôt heureux. Mais aujourd'hui, elle est dans tous ses états.

— On m'a volé de l'argent!

Je ferme la porte de sa chambre et lui demande de s'expliquer.

— Vingt dollars, Rita! Il me manque vingt dollars!

Elle ouvre le tiroir de sa commode, soulève un vieux chandail tout rapiécé et brandit une liasse de billets de banque.

— Tiens, fais le compte si tu veux. Je te dis qu'il me manque vingt dollars!

Je saisis la liasse et fais mine de compter. En mon for intérieur, je sais très bien que, d'une part, maman vient d'avoir 78 ans, et que, d'autre part, elle n'a jamais tenu de comptabilité très serrée. Qui sait si elle n'a pas prêté l'argent à une autre résidante du foyer ou l'a dépensé sans s'en rappeler, à moins de l'avoir tout simplement perdu? Je banalise l'incident, croyant qu'elle oubliera toute cette affaire d'ici ma prochaine visite.

Pour l'instant, elle tente vainement de susciter mon indignation.

— Que les vieux se fassent voler, ça te dérange pas plus que ça !

À court d'arguments, je la quitte dès que je peux pour retourner à la maison. Même si j'évite d'en parler, mon mari Gérard devine mes préoccupations.

— C'est maman. Elle m'a fait toute une scène au foyer cet après-midi, car elle prétend qu'on lui a volé vingt dollars.

Il ne semble pas étonné outre mesure.

— Tu sais comment sont les personnes âgées. La mémoire est une faculté qui oublie et d'autant plus vite que l'on vieillit.

— Je m'inquiète plutôt pour sa santé. Tu sais que sa mère à elle avait la maladie d'Alzheimer.

Il hoche la tête comme si je venais de prononcer une sentence de mort.

— Alzheimer... c'est vite dit. En autant que je sache, ta mère est encore en très bonne santé. Te souviens-tu à Pâques, elle nous a défilé les noms de toutes ses copines de classe dans sa jeunesse.

— C'est un phénomène fréquent chez les personnes âgées, Gérard. Elles se rappellent leur jeunesse en détail, mais oublient ce qu'elles ont mangé la veille.

L'argument semble décontenancer Gérard, qui voulait visiblement m'encourager.

— Écoute Rita, ne t'empêche surtout pas d'aller la voir. Je suis sûr qu'elle va oublier cette affaire très vite.

Deux jours plus tard, je retourne voir maman au Foyer Beauséjour. En quittant le stationnement, je croise une vieille dame toute rabougrie, drapée d'un chandail rose et arborant un bouquet de fleurs, qui m'apostrophe.

— Vous allez voir Alice Bourque? C'est votre mère, c'est ça?

J'acquiesce et la complimente sur le superbe bouquet de jonquilles qu'elle rapporte au foyer.

— Je m'appelle Yvette Therrien. Vous savez, je prends une grande marche tous les après-midis, beau temps mauvais temps. Si le bon Dieu le veut, je vais devenir centenaire! J'ai déjà soixante-dix-sept ans bien sonnés!

Elle prend soudain un air renfrogné, regarde autour d'elle et pose une main frêle sur mon bras.

— Je suis la voisine de chambre de votre mère. L'autre jour, quand vous êtes venue, j'ai pas pu m'empêcher d'écouter votre conversation avec Alice. Moi aussi, on me vole régulièrement de l'argent!

La remarque me cloue sur place. Cet aveu de la voisine de chambre de ma mère remet maintenant tout en cause. Il n'est plus question que maman ait perdu la mémoire ou oublié d'avoir dépensé cet argent. Yvette Therrien vient de confirmer que quelqu'un, au Foyer Beauséjour, vole de l'argent aux pensionnaires. Je m'en veux d'avoir douté de ma propre mère, mais n'en souffle mot à madame Therrien. Je la questionne par curiosité.

— Vous rappelez-vous quand on vous a volée?

Elle tente de retracer ses allées et venues au cours des derniers jours.

— Je dirais probablement avant l'heure du souper hier. C'est souvent à ce moment-là que je vais prendre ma marche de santé.

— Un gros montant?

— Une vingtaine de dollars.

Nous arrivons près de sa chambre et madame Therrien m'invite à entrer un instant. Elle se dirige aussitôt vers l'armoire à linge, ouvre la porte, disparaît tout au fond et en ressort l'instant d'après avec une boîte à chapeau noire et usée qui contient son argent. Elle compte nerveusement les billets. Satisfaite, elle remet le tout en place et revient près de moi.

— C'est rendu que je compte mon argent deux fois par jour!

— Vous devriez le déposer à la banque.

— C'est bien trop loin, aller en ville. Et puis, c'est surtout l'argent de ma pension de vieillesse. Je ne conserve jamais plus de trois ou quatre cents dollars là-dedans.

En l'écoutant, j'ai de plus en plus l'impression que le voleur est probablement quelqu'un du Foyer Beauséjour. Qui d'autre qu'un employé ou un pensionnaire serait en mesure de connaître les cachettes excentriques de maman, d'Yvette Therrien et probablement aussi des autres résidants de l'établissement?

Mon hôtesse, visiblement contente d'avoir de la compagnie, me tend un plat de menthes vertes.

— Vous avez les mêmes yeux que votre mère, Rita. Des beaux yeux bruns à faire chavirer le cœur d'un homme.

Elle s'amuse à me voir rougir un peu. Il faut dire qu'après 32 ans de mariage, Gérard ne les remarque plus très souvent «mes beaux yeux bruns». Profitant du plaisir que lui apporte ma présence, je poursuis mon interrogatoire.

— Connaissez-vous d'autres pensionnaires qui se font voler?

Elle joint les mains et laisse tomber, d'une voix devenue à peine audible :

— C'est arrivé à Ludger Dancause la semaine passée. Pauvre homme ! Trente dollars qui ont disparu de son portefeuille pendant son somme de l'après-midi. Comme ça, pouf! C'est vraiment terrible.

Cette piste fraîche est intéressante. Je remercie madame Therrien et je me rends tout de go à la chambre de ce Ludger Dancause, à l'étage supérieur. Je cogne trois coups discrets, j'entends une voix bourrue puis un bruit de pas lourds. En ouvrant, Ludger Dancause reste stupéfait.

— Vous n'êtes pas l'infirmière, vous !

Je lui explique que je suis plutôt la fille d'Alice Bourque et lui demande s'il peut me consacrer quelques minutes. Il accepte, visiblement à contrecœur.

Monsieur Dancause ne se mêle pas vraiment aux autres pensionnaires. Maman m'en a d'ailleurs déjà parlé. C'est un cultivateur à la retraite, qui a vendu sa ferme à ses deux fils pour une bouchée de pain, dans l'espoir qu'ils viennent le visiter régulièrement au foyer. Ils sont sa seule famille puisque sa femme est décédée quinze ans auparavant. Mais les deux coquins ont plutôt revendu l'entreprise à prix d'or et quitté la région depuis belle lurette, laissant Ludger Dancause déçu et amer.

Pour l'instant, il est là, planté devant moi, solide comme un chêne. Je remarque sa barbe de trois jours et ses haillons imbibés de sueur. Il me toise et attend que j'entame la conversation.

Je résume d'abord ma conversation avec Yvette Therrien, puis lui demande d'autres détails concernant le vol dont il a été victime. Plutôt prudent, il ne répond que par monosyllabes. Je crois deviner qu'il a déjà eu sa part d'ennuis avec la direction du Foyer Beauséjour et qu'il ne tient pas à envenimer davantage la situation. Mais dès que je l'assure que cette conversation restera strictement entre nous, il se montre soudain plus coopératif.

— J'étais couché pour mon somme de fin d'après-midi, pis j'avais laissé mon portefeuille sur ma table de chevet. En me réveillant, j'ai réalisé que quelqu'un avait joué dedans. Quand j'ai vérifié, il manquait trente piasses !

— Avez-vous porté plainte ?

Il hoche la tête en baissant les yeux. De toute évidence, Ludger Dancause ne porte pas la direction du foyer dans son cœur. Je décide de pousser l'affaire un cran plus loin.

— Soupçonnez-vous quelqu'un ?

Il lève les bras en l'air, d'un geste impuissant.

— On est trente-huit pensionnaires, plus les employés. C'est du monde ça, ma chère madame. Mais si j'étais vous, je garderais un œil sur le p'tit Sylvain.

— Le p'tit Sylvain ?

— Sylvain Pouliot. C'est un aide-infirmier. Je l'ai déjà surpris à fouiller dans mes affaires celui-là, pis je lui donnerais pas le bon Dieu sans confession !

En quittant monsieur Dancause, je décide de rendre visite à ce Sylvain Pouliot. Chemin faisant, je mets un peu d'ordre dans mes idées. D'après les informations obtenues jusqu'ici, il est fort possible que maman, Yvette Therrien et Ludger Dancause ne soient pas les seules victimes de ces petits larcins. Les montants volés sont minimes même si, dans le cas de madame Therrien, notre voleur a eu l'occasion de mettre la main sur un joli magot, plus de trois cents dollars. Pourquoi s'être alors contenté de seulement vingt dollars ? Voilà un élément intrigant que je n'arrive pas à expliquer. À moins d'avoir affaire à un voleur prudent qui ne veut pas attirer l'attention sur de fortes sommes. De plus, les témoignages des pensionnaires semblent indiquer que les vols surviennent généralement en fin d'après-midi, juste avant l'heure du souper.

Il est près de 17 heures et, en empruntant le corridor menant au poste des infirmiers, je croise plusieurs pensionnaires qui se rendent à la messe quotidienne dans la petite chapelle du foyer. Devant mon étonnement, une préposée m'indique que, pour plusieurs d'entre eux, la messe de 17 heures est leur seule sortie régulière de la journée. Tout s'éclaire soudain : c'est donc pendant cette célébration quotidienne que notre Arsène Lupin se met à l'œuvre ! Je jette un coup d'œil dans l'embrasure de la porte et obtiens confirmation de mon hypothèse : au moins vingt-cinq des trente-huit pensionnaires du Foyer Beauséjour assistent à la messe ce jour-là !

Je retrouve Sylvain Pouliot au fond du corridor. Grand garçon svelte, environ 25 ans. Ses cheveux châtains flottent sur ses épaules et son oreille droite est percée de trois petits anneaux dorés. Il porte un petit tatouage chinois au poignet droit. Sylvain me regarde d'un air enjoué et pense que je cherche un pensionnaire.

— À cette heure-ci, tous ceux qui sont capables de marcher ou de pousser leur fauteuil roulant sont à la messe ! dit-il en éclatant de rire.

Je me présente, en lui indiquant que c'est plutôt lui qui m'intéresse. J'ai toujours cru qu'une approche directe donne des résultats étonnants en jouant sur l'effet de surprise.

— L'un des pensionnaires à qui je viens de parler soutient qu'il lui manque de l'argent. Il prétend que vous fouillez dans ses affaires.

L'aide-infirmier ne bronche pas. Il me semble que sa respiration s'est accélérée, mais je n'en suis pas certaine. Après quelques secondes, il réagit en esquissant un sourire embarrassé.

— Je peux le comprendre. On est pas mal en contact avec les pensionnaires, on fouille dans leurs affaires et même dans leur vie privée. La plupart nous aiment bien et se plaignent jamais. Ils nous font confiance jusqu'à laisser leur argent bien en vue.

— Soupçonnez-vous quelqu'un?

Sylvain Pouliot m'attire dans une petite pièce attenante au corridor.

— C'est pas mon genre de placoter dans le dos de mes collègues de travail, mais vous devriez parler avec Dolorès Simard. C'est une aide-infirmière qui a déjà été suspendue par la direction pour avoir volé du linge à un pensionnaire. Je ne vous dis pas que c'est elle, mais je sais que les pensionnaires en ont jusque-là de se faire piquer leur fric!

Quand je retourne à la chambre de maman, elle m'accueille en brandissant une clé :

— Je prends mes précautions, ma fille, surtout en fin d'après-midi!

Dès que je mentionne le nom de Dolorès Simard, elle semble contrariée.

— Je n'aime pas beaucoup cette femme-là, Rita. Elle est méchante. Tu sais qu'elle a été suspendue.

— On m'a raconté. Je vais aller lui parler.

— Fais attention qu'elle ne se venge pas sur moi. Elle en serait bien capable!

Je prends note de la réticence de maman et me rends au vestiaire des employés, avec l'intention de fouiller pour en apprendre un peu plus sur cette Dolorès Simard. J'entre sur la pointe des pieds, m'assure qu'il n'y a personne dans les parages et réussis à dénicher son casier. Malheureusement, ce n'est qu'un fourre-tout juste bon pour le marché aux puces : un vieil uniforme de rechange sentant le parfum bon marché, quelques jus de fruits dans un sac de papier brun, une canette de fixatif à cheveux, deux ou trois magazines écornés, bref, rien pour m'éclairer vraiment sur le genre de personne à qui j'ai affaire. Mais je n'ai pas à aller bien loin pour la rencontrer : elle surgit dans mon dos avant que j'aie pu quitter le vestiaire!

— Vous cherchez quelque chose? lance-t-elle de cette voix rauque qu'ont les fumeuses de longue date.

Dolorès Simard est telle que maman me l'a décrite : grande rouquine, la cinquantaine défraîchie, très maquillée, plutôt blasée. Elle donne l'impression de s'occuper des personnes âgées davantage par intérêt financier qu'humain.

— À vrai dire, c'est à vous que je voulais parler, madame Simard.

— C'est encore votre mère qui s'est plainte, je suppose, fait-elle en enlevant ses souliers blancs de travail.

— Pas du tout. Maman n'a rien à voir là-dedans, mais elle constate comme plusieurs pensionnaires qu'il lui manque de l'argent.

— Que voulez-vous dire, il leur manque de l'argent?

— On leur vole de l'argent, madame Simard. Vous m'avez bien comprise.

J'ai parlé d'un ton ferme et direct. Elle se redresse et me toise à distance. Puis, comme soudain vaincue par l'effort énorme qu'exige toute cette comédie, elle se rassit et laisse soudain tomber son masque.

— Je vous comprends de me soupçonner. Vous avez dû apprendre que j'ai fait une folie l'an passé. Mon mari avait perdu son emploi et je travaillais seulement deux jours par semaine au foyer. C'était rendu qu'on vivait à la cenne près. Savez-vous c'est quoi, ménager à la journée longue ? Tant pour l'épicerie, tant pour les enfants, tant pour le linge ! J'étais dans la chambre de monsieur Lapointe et j'ai vu trois chandails qui traînaient au fond du garde-robe depuis des années. J'ai pas réfléchi très longtemps, seulement à mon mari qui n'avait rien à se mettre sur le dos. Alors, j'ai pris les chandails et je suis partie avec. Malheureusement, monsieur Lapointe est arrivé sur les entrefaites et m'a dénoncée à la direction.

Elle relève alors la tête, et je vois couler quelques larmes sur les joues de cette matronne.

— Le vieux n'arrêtait pas de crier « Arrêtez la voleuse ! » Alors ils ont fait venir la police et j'ai été mise en probation pour deux ans. Tout le monde l'a su au foyer. Le directeur, monsieur Fréchette, a été bien bon pour moi. Il a accepté de passer l'éponge. Mais avec les pensionnaires, je suis « brûlée » comme on dit. Ils s'arrangent pour barrer leur porte quand je suis de service à leur chambre, et j'entends souvent placoter dans mon dos. J'ai un casier criminel et je suis étiquetée comme une « voleuse ». Essayez donc de trouver un travail ailleurs avec ça !

Plus j'écoute Dolorès Simard me raconter ses malheurs et plus je suis convaincue qu'elle dit la vérité. Elle admet que les pensionnaires du foyer ne peuvent plus la sentir et c'est vrai. Maman m'a souvent raconté que les personnes âgées peuvent faire preuve de trésors d'imagination dans le but d'éviter des situations embarrassantes quand c'est nécessaire. Pour sa part, ma mère s'arrange pour aller à l'infirmerie dès qu'elle voit madame Simard se pointer le bout du nez dans sa chambre.

Quand je rapporte le résultat de mon enquête à maman, elle s'étonne.

— Tu crois vraiment que Dolorès Simard dit la vérité ?

— Je pense qu'elle est sincère. En tout cas, elle semble reconnaissante à monsieur Fréchette de lui avoir donné une seconde chance.

— Fréchette ! L'espèce de sans-génie. Cet homme-là est probablement le directeur le plus bête qu'on puisse trouver sur la planète !

— Parle moins fort, maman, tout le monde va t'entendre. Qu'est-ce qu'il a de si terrible, ce Fréchette ?

Il a coupé tous les buffets de fin de soirée qu'on organisait après le bingo du jeudi ! C'était tellement agréable. Par souci d'économie. On voit bien que, lui, la vie sociale ne l'intéresse pas. Pas étonnant qu'il soit divorcé, cet homme-là, avec deux jeunes enfants à la maison en plus. Sans parler de sa faillite...

— Quelle faillite ?

— Fréchette a fait une faillite personnelle il y a deux mois, c'est madame Simoneau qui m'a tout raconté. Son gendre à elle travaille à la Caisse populaire, il est au courant de tout ça. Quand je pense que Fréchette est payé un gros salaire pour diriger le foyer, mais qu'il n'est même pas capable de gérer ses propres affaires. Peuh!

— Tu ne veux quand même pas insinuer qu'il pourrait...

— Je n'insinue rien, ma fille. Je te dis seulement qu'il est la seule personne au Foyer Beauséjour à posséder un double des clés pour toutes les portes de nos chambres.

Ce renseignement plutôt inattendu me conduit directement au bureau du directeur. Se pourrait-il que cet homme arrondisse ses fins de mois en puisant à même le bas de laine de ses pensionnaires âgés? Difficile à croire, d'autant plus que le Simon Fréchette qui m'accueille semble avoir peu en commun avec le triste individu que maman m'a décrit. Manières plaisantes, photos de famille sur son bureau, il s'empresse de m'offrir du café.

— Vous êtes la fille d'Alice Bourque, n'est-ce pas? Je crois vous avoir déjà croisée à quelques reprises dans l'établissement. En quoi puis-je vous aider?

Je lui raconte les vols dont sont victimes maman et quelques pensionnaires, sans oublier de mentionner mes doutes à l'endroit de Sylvain Pouliot et de Dolorès Simard. Il s'étonne.

— Vous m'inquiétez, chère madame. Si c'est le cas, pourquoi nos pensionnaires ne se plaignent-ils pas directement à moi?

— Par peur de représailles, je suppose. J'ai cru comprendre que certains pensionnaires n'aiment pas avoir affaire à la direction.

— Mais ils savent que ma porte leur est toujours ouverte.

— Écoutez, des résidants disent que si le directeur ne peut régler ses propres problèmes financiers, il ne pourra pas faire grand-chose pour eux.

Simon Fréchette écarquille les yeux.

— Je regrette de vous décevoir, madame, mais mes affaires se portent très bien. On m'a rapporté la rumeur, mais je n'ai jamais été en faillite, ni de près ni de loin, si c'est ce que vous insinuez. Je vais quand même m'occuper tout de suite de cette histoire de vols. J'en ai entendu parler entre les branches, à l'occasion. Mais si autant de nos pensionnaires en sont victimes, il faut agir et vite. Le conseil d'administration du foyer se réunit demain soir. Je pourrais peut-être proposer d'embaucher un agent de sécurité en fin d'après-midi, pour surveiller le corridor pendant que les pensionnaires sont à la messe. Qu'en pensez-vous ? C'est une mesure qui ne coûterait pas cher et qui pourrait probablement régler le problème. Si vous voulez, je vous redonne des nouvelles dans deux jours.

Mal à l'aise de l'avoir faussement mis en faillite, je le remercie et prends congé en louant l'esprit d'initiative de cet homme.

En me dirigeant encore ébranlée vers la sortie, je passe devant la porte d'un petit monsieur tiré à quatre épingles et aux manières plaisantes.

— Comme ça, vous êtes la fille d'Alice ! Entrez donc une minute, vous êtes pas si pressée. Il se présente et me fait signe de m'asseoir.

Sa chambre figure nettement dans une catégorie à part : bicyclette d'exercice flamblant neuve, déshumidificateur, divan de cuir souple. Le grand luxe, quoi, pour un pensionnaire du foyer. Devant mon étonnement, il s'explique.

— N'allez pas croire que je suis riche de nature. Ma pension d'ancien professeur est assez modeste. Ce sont des cadeaux de votre mère, tout ça. Je pense qu'elle commence à me trouver de son goût.

Il s'approche et me chuchote à l'oreille :

— Je me trouve bien chanceux, mais je me demande bien où elle prend tout son argent, la belle Alice...

L’étrange maison de la veuve Boilard

On était en novembre. J’étais à l’époque sans travail depuis plusieurs semaines et mes maigres économies ne tenaient pas le coup. Il me fallait trouver du boulot et vite. Dans le journal local, une petite annonce attira mon attention. Il s’agissait de donner des traitements légers à une veuve âgée en fauteuil roulant et de l’aider dans ses tâches domestiques. Le salaire était plus que modeste, mais j’avais besoin d’un boulot et celui-ci tombait à pic. Je remis le nom et l’adresse au chauffeur de taxi : Gertrude Boilard, 227 chemin Gosford. À en juger par le compteur du taxi qui grimpait allègrement, le chemin Gosford devait être au bout de la planète ! J’en eus la confirmation lorsque la voiture quitta l’asphalte pour s’engager brutalement sur une route de campagne sinueuse et remplie d’ornières. De chaque côté du chemin, le paysage était pure désolation. Des kilomètres de champs en friche à perte de vue, avec ici et là des bâtiments de ferme en ruines rappelant une époque révolue.

Nous roulions depuis une demi-heure lorsque le chauffeur se tourna nerveusement vers moi.

— Dites donc, mon ami, êtes-vous certain de l'adresse ?

Je compris son inquiétude en jetant un coup d'œil au compteur qui indiquait la rondelette somme de 17,55 $. Le chauffeur s'arrêta et pointa du doigt un bâtiment situé à environ cent mètres de la route, à notre droite, signifiant que nous étions enfin rendus.

Je fouillai le fond de mes poches.

— Euh... je n'ai que douze dollars et trente-deux. Est-ce que vous...

Je lui remis la somme et il repartit en poussant un juron.

Dans la demi-pénombre de fin d'après-midi, l'endroit me parut sinistre. La maisonnette, ou plutôt ce qu'il en restait, devait dater du début du siècle. Elle était recouverte d'un papier brique grisâtre, déchiré par endroits, et la galerie en ruines augurait mal. Les rideaux sombres avaient été tirés aux fenêtres et sans les maigres volutes de fumée qui s'échappaient de la cheminée, nul n'aurait soupçonné une trace de vie humaine en ces lieux. Une étrange sensation m'envahit et je me retins pour ne pas rebrousser chemin. Je pris ma valise et marchai résolument vers la maison. En arrivant près de la galerie effondrée, il me sembla que le rideau de la chambre au deuxième étage avait été soulevé. Quelqu'un attendait peut-être ma visite, après tout.

Je me frayai tant bien que mal un passage parmi les décombres de la galerie. En l'absence de sonnette, j'allais frapper lorsque la porte grinça lentement sur ses gonds et s'ouvrit.

La porte se referma dans mon dos, mais à ma grande surprise, la pièce était vide ! Devant moi, la cuisine avait l'air d'un champ de bataille dévasté.

La vaisselle crasseuse débordait de l'évier, des conserves vides traînaient un peu partout et une forte odeur de ranci remplissait l'air. Je déposai ma valise et allai directement ouvrir une fenêtre lorsqu'un cri aigu me pétrifia. Je me retournai. Elle était là, au fond de la cuisine, dans son fauteuil roulant. Un châle noir recouvrait ses épaules voûtées et squelettiques. Dans son visage sans expression, seuls deux petits yeux noirs d'animal effarouché trahissaient son appréhension. À première vue, Gertrude Boilard devait avoir plus de 70 ans.

— N'ouvrez jamais les fenêtres! Jamais!

Elle avait lancé ces mots non pas comme un ordre, mais comme une supplication. Je lui expliquai que je m'appelais Jean-Yves Dubois et que j'avais téléphoné pour l'annonce. Elle se contenta de hocher la tête et me fit signe de monter ma valise à l'étage. Chacun de mes pas semblait arracher un cri de douleur à l'escalier. Le palier menait à trois pièces fermées. Les deux premières portes étaient verrouillées, mais j'ouvris la troisième et cette affreuse odeur de renfermé me saisit encore à la gorge. La chambre n'avait visiblement pas été occupée depuis belle lurette. Au fond de la pièce sombre, un vieux placard chambranlant bloquait presque complètement l'unique fenêtre. J'allais le déplacer lorsque je me souvins des paroles de la veuve Boilard et décidai plutôt de m'accommoder de la situation. Sur les murs dénudés, un cadre rustique faisait voir un jeune couple adoptant la pose guindée d'une autre époque.

Je secouai le couvre-lit pour m'allonger quelques instants. J'allais m'assoupir lorsqu'un bruit violent provenant du fond du corridor me fit sursauter. Je bondis sur mes pieds et courus dans cette direction. La porte de cette chambre était verrouillée, je le savais trop bien, mais on aurait dit qu'on brassait de la vaisselle à l'intérieur ! Je descendis chercher des explications auprès de la veuve Boilard.

La vieille femme était penchée sur un tricot et je notai que ses mains rongées par l'arthrite bougeaient malgré tout avec une agilité étonnante.

— Vivez-vous seule ici, madame Boilard ?

Elle hocha la tête, sans quitter son ouvrage des yeux.

— C'est étrange parce qu'il y a du bruit dans la chambre en haut. Vous avez dû l'entendre vous aussi ?

Cette fois-ci, elle leva la tête pour me regarder. Il serait plus exact de dire qu'elle me transperça du regard.

— Suis dure de la feuille, fit-elle en pointant le petit appareil auditif derrière son oreille droite.

Elle me demanda de préparer le souper.

Pendant que la soupe chauffait, j'en profitai pour remettre mes idées en ordre. Si la veuve Boilard vivait seule ici, comme elle le prétendait, qui donc avait fait tout ce tintamarre dans la chambre ? Et ce rideau qu'on avait soulevé à l'étage lors de mon arrivée, était-ce aussi la veuve ? Je chassai bien vite ces pensées de mon esprit. Gertrude Boilard était une paraplégique qui ne se déplaçait qu'en fauteuil roulant. Impossible pour elle de grimper l'escalier et de redescendre aussi vite. Et même si elle avait pu, pourquoi l'aurait-elle fait ? Qu'avait-elle à gagner en me jouant la comédie, sinon me faire déguerpir au plus vite ! Il devait y avoir une explication logique à tout cela et j'allais la découvrir.

Lorsque je revins à nouveau sur l'incident de la chambre pendant le souper, la vieille finit par m'avouer que la maison était infestée de rongeurs. Dans son état, elle avait renoncé depuis longtemps à les exterminer, mais peut-être étais-je disposé à le faire ? Je l'assurai qu'on pourrait débarrasser cette maison de tous les rongeurs de la planète si elle le voulait, et que je me mettrais au travail dès le lendemain matin.

Peu après le souper, la veuve Boilard prit un bain chaud et me demanda ensuite de lui masser les jambes. À ma grande surprise, ses membres inférieurs n'étaient pas aussi affaiblis que je l'avais supposé. En dépit de son âge et son handicap, ses cuisses et ses mollets étaient plutôt fermes et en santé, ce qui suscita un doute dans mon esprit, malgré ses explications sur les rongeurs dans la maison. Peut-être, au fond, me jouait-elle la comédie. L'impression était renforcée par le fait qu'elle n'était jamais dans la même pièce que moi quand ces événements bizarres se produisaient.

Vers neuf heures, j'étais à lire dans le salon lorsque la vieille s'affaira soudain à bloquer chaque persienne du rez-de-chaussée avec une chaise. Elle accomplissait ces gestes de façon méthodique, comme un rituel quotidien. Devant mon étonnement, elle expliqua que le vent faisait souvent claquer les fenêtres sur leur cadre et que les chaises les empêchaient de bouger. Je lui souhaitai bonne nuit et montai à ma chambre. Peu après une heure du matin, je fus réveillé par un bruit épouvantable. On cognait à grands coups à ma fenêtre de chambre, au deuxième étage ! Je me levai et tentai de déplacer l'énorme placard qui me bloquait la vue, mais peine perdue. J'allais me rhabiller pour sortir dehors quand j'entendis des grattements répétés sur ma porte de chambre, comme si un animal tentait de s'y agripper avec ses griffes. J'ouvris précipitamment. Personne en vue.

C'en était trop ! Je descendis au rez-de-chaussée, où se trouvait la chambre de la veuve Boilard près du salon, pour constater qu'elle ronflait comme une marmotte ! J'allais retourner à ma chambre lorsque cette fois, les lampes du salon se mirent à s'allumer et à s'éteindre à une cadence infernale ! Au même instant, la porte de la cave claqua et j'entendis des bruits dans l'escalier. Je courus dans cette direction. Gertrude Boilard m'avait probablement menti. J'étais de plus en plus convaincu qu'elle abritait en secret quelqu'un ou quelque chose dans cette maison.

L'ampoule électrique dans l'escalier de la cave était brûlée. Je remontai chercher une lampe de poche et descendis les marches à pas de loup. Une sensation de froid m'envahit. Ce n'était pas étonnant : comme dans beaucoup de maisons centenaires, le plancher était en terre battue. Je promenai ma lampe de poche autour de moi. Le plafond bas et l'espace restreint des lieux rendaient cet endroit encore plus lugubre. Je remarquai deux poches de légumes appuyées sur le mur du fond. Tout près, une corde à linge déserte traversait la cave. À gauche, je braquai ma lampe vers un réduit adjacent à la pièce où j'étais. Dieu du ciel, qu'allais-je trouver là dedans ? Mon cœur battait la chamade et après m'être rendu jusqu'ici, je n'écartais pas la possibilité d'une confrontation physique. Mais une force intérieure me disait de continuer. Il fallait que je sache ce qui se passait dans cette maudite maison !

Le réduit faisait environ deux mètres de largeur. Ma main cherchant à tâtons sur le mur s'immobilisa sur une petite plaque métallique en relief. Je braquai ma lampe et lus l'inscription : Armand Boilard 1874 – 1955. Une plaque mortuaire. J'étais dans un caveau familial! Je passai nerveusement la main sur l'inscription voisine afin d'enlever la poussière : Simone Boilard 1879 – 1967. Je comptai six tombes en tout, scellées pour toujours dans les fondations de cette étrange maison! Une septième niche avait été percée dans le mur du caveau, mais était inoccupée pour l'instant. Soudain, mon pied heurta sur le sol une petite plaque métallique tordue. Je la ramassai et à la lueur faiblissante de ma lampe de poche, parvins à lire : Léopold Boilard 1932 – 2007. De mémoire, c'était le nom de son défunt mari, qu'elle avait mentionné à quelques reprises depuis mon arrivée. Mais pourquoi diable n'était-il pas enterré dans le caveau comme les autres membres de la famille? Je n'eus pas le temps de réfléchir bien longtemps. Les piles de ma lampe agonisaient et je dus remonter en vitesse à la cuisine. J'avais au moins acquis la certitude qu'aucun intrus ne se cachait dans la cave. Ceux qui s'y trouvaient étaient bel et bien morts et emmurés pour l'éternité!

En quittant la cuisine, je vérifiai une dernière fois si la vieille dormait. J'en profitai pour retourner à l'étage, bien décidé cette fois à fouiller la chambre au fond du corridor d'où provenait tant de vacarme plus tôt. Je ne sais pas si c'est la perspective d'avoir à renoncer au secret de cette chambre qui me fournit un regain d'énergie, mais je donnai un violent coup d'épaule sur la porte qui céda enfin. Le craquement du bois fit place à un épouvantable hurlement, dès que je mis pied dans la chambre. Je brandis le balai, prêt à parer les coups d'un adversaire éventuel. Et tel que je l'avais supposé, aucun rongeur dans la pièce. Mon attention fut alors attirée par un autre portrait de famille accroché au mur. Je lus, d'une écriture fine et à moitié effacée par le temps : « Léopold Boilard, 1949 ». C'était bien le même homme que sur la photo de couple dans ma chambre, mais une dizaine d'années plus jeune et le même nom que sur la plaque métallique dans la cave. J'allais remettre le cadre en place sur le mur lorsque soudain, il s'arracha de mes mains, tournoya dans les airs et alla percuter le mur opposé de la chambre avec un tapage incroyable !

J'avais l'étrange sensation d'être dans la chambre qu'avait dû occuper Léopold Boilard peu de temps avant sa mort. Sa veuve devait comme moi subir la présence régulière de cette « force » qui habitait la maison.

Je retournai à ma chambre avec l'intention de monter la garde, mais l'épuisement total vint à bout de ma vigilance et je m'endormis. Dès les premières lueurs de l'aube, j'entendis à nouveau du brouhaha en bas. Fausse alerte. Cette fois, c'était la veuve qui remettait en place les chaises ayant bloqué les persiennes du rez-de-chaussée pour la nuit. Au déjeuner, je rompis le lourd silence auquel sa présence m'habituait.

— Vous deviez vous sentir seule ici depuis la mort de votre mari ?

Elle me regarda d'un air étonné et haussa les épaules.

— C'est certain. Léopold m'aidait à me déplacer.

— Il est mort comment, votre mari?

— S'est noyé au lac à la Truite, en voyage de pêche.

— C'est curieux, cette nuit, je suis descendu à la cave et j'ai vu votre caveau familial. Votre mari n'est pas enterré là?

La veuve Boilard sembla surprise d'entendre mes aventures, mais se contenta de répondre :

— On l'a jamais retrouvé.

Elle avait prononcé ces mots sur un ton cinglant, ce qui mit fin à la conversation.

Au milieu de l'après-midi, après son bain quotidien, Gertrude Boilard alla s'installer dans le salon et ouvrit la télévision. L'instant d'après, elle ronflait comme une bûche. J'en profitai pour aller fouiner dans ses affaires afin d'en apprendre davantage sur son défunt mari. En réalité, je n'étais pas du tout certain qu'il soit mort comme elle me l'avait expliqué. Trop d'événements, dans cette maison, suggéraient le contraire. Je fis l'inventaire rapide des tiroirs de la commode. Tout au fond, j'aperçus un vieux coffret de métal rouillé, mais non verrouillé. Il contenait des photos de Léopold et de Gertrude à différentes époques de leur vie. Sous la pile, trois autres photos faisant voir Léopold au bras d'une femme beaucoup plus jeune que lui. Ce qui attira mon attention fut le regard amoureux de la jeune femme, accrochée au bras de cet homme beaucoup plus âgé. Elle devait avoir la trentaine, tandis que lui était déjà dans la soixantaine avancée! Plus je regardais ces photos et plus toute cette sinistre histoire commençait à se préciser. Était-il possible, pour des raisons d'argent par exemple, que Léopold Boilard ait eu une liaison avec cette femme plus jeune ? Gertrude l'aurait ensuite appris, ce qui expliquerait qu'ils auraient fait chambre à part et que Léopold se serait contenté de la chambre à l'étage. Et peu après la mort de son mari, Gertrude aurait refusé qu'il soit enterré dans le caveau familial, pour le punir de son infidélité. Ce qui expliquait qu'elle barricadait les fenêtres avant d'aller se coucher, craignant probablement que « l'esprit » de son défunt mari n'envahisse la maison la nuit.

Vers 21 heures, je montai à ma chambre et m'allongeai sur le lit. Ce n'était pas l'envie qui manquait de prendre un somnifère, mais Dieu sait à quel point j'ai horreur des pilules. Je résistai à la tentation, au cas où la veuve Boilard aurait besoin de mes services. Je fermai les yeux en me laissant bercer par le vent qui soufflait dehors. Les minutes passèrent. Je ressentis soudain des picotements sur les jambes. J'ouvris les yeux et poussai un cri d'horreur : mon corps entier était recouvert de dizaines, de centaines de papillons de nuit, immobiles mais fixés à ma masse de chair, comme prêts à s'en délecter ! Je bondis sur mes pieds en hurlant et en me secouant comme un fou, dans l'espoir de me débarrasser de ces affreuses bestioles. L'instant d'après, je me rhabillai en vitesse, pris ma valise et quittai cette maudite maison en claquant la porte, jurant de ne plus jamais y remettre les pieds !

Je marchai longtemps sur la route. Quand je m'arrêtai enfin, j'étais à bout de souffle. Ma montre marquait presque 23 heures. Je décidai de faire de l'auto-stop pour revenir en ville.

Environ une heure plus tard, mon souhait fut exaucé et je sentis les phares d'un véhicule dans mon dos. Quand il freina, je montai à bord en m'empressant de remercier mon bienfaiteur.

— Vous venez de me sauver la vie, monsieur et je n'exagère pas !

L'homme se contenta de hocher la tête et d'écouter mon récit des deux derniers jours. Quand j'eus terminé, il se tourna vers moi.

— Ça fait plusieurs jours que je te cherche, Jean-Yves, le savais-tu ?

Je sursautai. Dieu du ciel, cet étranger connaissait mon nom et me tutoyait en plus ! Pourtant, je ne m'étais pas identifié, j'en étais certain ! Je le regardai plus attentivement. Il devait avoir la soixantaine. Ses cheveux noir jais et sa grosse face carrée m'étaient vaguement familiers. Sur le siège arrière, je remarquai une petite valise en cuir noir. Il flottait dans la voiture une odeur de chloroforme qui me rappelait quelque chose.

Il se tourna encore vers moi.

— Je serais venu plus tôt, mais j'ai appris seulement ce soir où tu te trouvais.

Je le dévisageai à nouveau. J'allais lui demander de s'expliquer quand il sortit un petit flacon de sa poche.

— Tiens, prends ça veux-tu.

À la vue du lithium, je sursautai.

— Vous êtes docteur, c'est ça ?

Il sourit faiblement.

— Tu ne me reconnais pas, Jean-Yves ? Je suis le docteur Gélinas. Maintenant que je t'ai retrouvé, nous allons reprendre ton traitement à l'Institut de schizophrénie.

Mon traitement ? À l'Institut de schizophrénie ? À mon grand regret, j'aperçus les premières lueurs de la ville et la silhouette de l'hôpital psychiatrique que je reconnus soudain. La voiture s'engagea dans l'allée. Le docteur Gélinas me mit la main sur l'épaule.

— Et cette fois-ci, Jean-Yves, j'espère que tu ne t'évaderas pas...

Banque de voleurs

Dès l'ouverture de la banque ce matin-là, la voiture se gara dans la ruelle derrière l'édifice. Deux hommes en sortirent et firent irruption dans l'établissement. Seuls quelques employés et clients étaient déjà sur les lieux. Très énervés, les deux frères, Maurice et Ricky Poitras, braquèrent leurs pistolets en l'air en criant :

— C'est un hold-up ! Que personne ne bouge et tout ira bien !

Des cris de frayeur leur confirmèrent que l'ordre avait été bien entendu.

— Tout le monde assis par terre ! Et que ça grouille !

À cette heure encore matinale, les trois employés de la banque et les quatre clients se regroupèrent à l'endroit désigné et s'assirent sur le plancher.

Ricky s'approcha de son frère.

— Aie, Maurice, j'ai hâte qu'on sorte d'ici ! Mon bas culotte est trop serré sur ma face. J'aurais dû en acheter une paire plus confortable au lieu de prendre celle de ma femme. Elle a des petites jambes et...

L'autre lui donna un violent coup de coude.

— Tais-toi, imbécile, et on avait dit pas de noms, tu te souviens?

Maurice se retourna vers le groupe de sept personnes tremblotantes sur le plancher et s'approcha d'une jeune femme qui retenait ses pleurs.

— Toi, viens avec moi. Tu vas ouvrir le coffre-fort!

Il l'empoigna par le bras pour la soulever, mais elle résista en pleurant.

— Pas moi! C'est seulement le gérant qui peut ouvrir le coffre!

Impatienté, Maurice se tourna vers les deux autres employés de la banque. Deux hommes. Il pointa son pistolet vers chacun d'eux.

— Qui est le gérant ici?

La trouille rendait les deux hommes muets. L'un d'eux parvint à bafouiller :

— Le... gérant... est... aux toilettes!

Maurice se tourna vers son frère.

— Ricky, ramène-moi le gérant!

Ricky courut derrière le comptoir et s'avança dans l'étroit corridor. Il ouvrit la première porte. C'était une petite salle de matériel informatique avec des ordinateurs, des claviers, des écrans plats, des imprimantes, etc. Émerveillé par sa découverte, il prit un ordinateur portatif flambant neuf et revint vers le groupe en le déposant délicatement sur le comptoir de la banque.

Maurice se retourna, incrédule.

— Mais qu'est-ce que tu fais, bon sang?

Ricky était tout content.

— Mon garçon finit son secondaire cette année. Je vais lui donner l'ordinateur pour...

Maurice lui asséna une solide claque derrière la tête.

— Oublie les ordinateurs, imbécile! Si on ramasse le jackpot dans le coffre-fort, tu pourras t'en acheter un magasin complet d'ordinateurs, comprends-tu? Allez, va me chercher le gérant aux toilettes.

Ricky s'empressa de retourner dans le corridor, jusqu'à la porte marquée «Toilettes».

Il frappa.

Une voix d'homme lui répondit.

— Donnez-moi cinq minutes!

Ricky demanda :

— Êtes-vous le gérant?

— Oui.

Satisfait, Ricky vint rejoindre le groupe.

Maurice, très énervé, poussa un juron en l'apercevant seul.

— Où est le gérant? Tu devais me ramener le gérant!

Ricky pointa un doigt vers les toilettes.

— Faut pas s'énerver. Le gérant dit qu'il en a pour cinq minutes. C'est le patron de la banque, je pense qu'on peut lui faire confiance, quand même...

Maurice leva les bras en l'air.

— Mais on n'a pas toute la journée, tête de linotte! Veux-tu qu'on se fasse venir des mets chinois en l'attendant, peut-être?

Il l'écarta brusquement de son chemin et alla vers le groupe. Cette fois, Maurice était vraiment d'une humeur massacrante et décida de prendre la situation en main.

— Tout le monde dans la salle d'ordinateurs! Et plus vite que ça!

Les sept personnes se levèrent et défilèrent peureusement devant les deux cambrioleurs jusque dans la petite salle. Quand le dernier fut entré, Maurice verrouilla la porte derrière eux.

— Bon, au tour du gérant maintenant. Viens avec moi, Ricky!

Ils se rendirent jusqu'aux toilettes. Maurice frappa violemment sur la porte avec la crosse de son arme.

— Toi le gérant, sors des chiottes et vite!

Une voix répondit.

— Donnez-moi encore deux...

— Sors ou on défonce la porte! cria Maurice.

Silence.

Maurice était autoritaire, mais il n'était pas le plus costaud des deux cambrioleurs. En revanche, son frère avait la carrure d'une armoire à glace.

— Ricky, défonce-moi cette porte-là!

L'autre hocha la tête, s'approcha d'un air résolu et donna un violent coup d'épaule. Il répéta son manège à quelques reprises, sans résultat.

Devant le regard méprisant de son frère, Ricky crut bon d'ajouter :

— Je me suis blessé à l'épaule en jouant au hockey. Le docteur va me...

D'un geste, Maurice le fit taire, et haussa la voix en direction du gérant.

— Je répète : sors des bécosses tout de suite, sinon tu vas le regretter!

Silence.

Ricky chuchota à l'oreille de son frère.

— Mais peut-être qu'il a *vraiment* envie, le gérant. As-tu pensé à ça?

Maurice serra les dents de rage et son complice devina qu'il en avait plein le dos. Ricky sentit qu'il devait faire quelque chose pour rétablir la situation. Il s'approcha à son tour de la porte des toilettes et cria :

— Si vous sortez pas de là, on va… on va *occuper votre bureau* !

Silence.

Maurice leva les yeux au ciel, exaspéré.

— Occuper son bureau ! Espèce de niaiseux ! Ricky, si t'étais pas mon frère, je t'enfermerais dans la salle des ordinateurs avec les autres. Comprends donc qu'il en a rien à foutre, le gars, qu'on occupe son bureau !

Mais la bêtise de Ricky donna soudain une idée terrifiante à Maurice. Il s'approcha à nouveau de la porte.

— Écoute-moi, le gérant : si tu sors pas des toilettes dans trois minutes, on exécute un otage !

Devant son frère Ricky qui tremblait maintenant comme une feuille, Maurice alla à la salle des ordinateurs et revint en poussant devant lui un homme d'une soixantaine d'années.

— Aie, Maurice, c'est une blague, hein ? demanda Ricky.

L'air résolu de son frère confirma ses pires craintes.

Maurice pointa le canon de son pistolet dans le dos de son otage.

— Allez, bonhomme, demande au gérant de sortir des chiottes, sinon…

L'homme transpirait abondamment et se tourna vers Maurice.

— *I'm… I'm sorry, sir. I don't speak French…*

Sa réplique fut suivie d'un instant de silence, pendant lequel les deux frères cambrioleurs se regardèrent d'un air incrédule. Maurice tenta de se rappeler ses rudiments d'anglais.

— Euh, écoute, *sorry*. You are my otage ! Do you comprendre ?

L'homme tenta de s'expliquer.

— *I am from Ontario.*

Ricky venait de piger.

— Ah, c'est un Anglais de l'Ontario, Maurice. Pis j'te gage qu'il prend pour les Maple Leafs en plus.

Ricky décida de mettre lui aussi ses rudiments d'anglais à l'essai.

— Do you aimez, euh, les Canadiens ?

L'homme fit un grand sourire.

— *Oh yes ! Yes ! I am Canadian !*

— All right ! fit Ricky tout content. Le gars est correct, Maurice. Il aime mieux les Canadiens que les Maple Leafs.

Mais quand les deux cambrioleurs tentèrent maladroitement de le convaincre de faire sortir le gérant des toilettes, ils en restèrent à un dialogue de sourds. En désespoir de cause, Maurice le ramena dans la salle des ordinateurs et revint avec un autre otage, une femme dans la trentaine, qui ne cessait de supplier :

— Mon enfant ! Laissez-moi mon enfant !

Maurice fit un signe en direction de Ricky, qui revint avec un gamin d'environ cinq ans.

Comme avec l'otage précédent, Maurice braqua son arme dans le dos de la femme, en lui ordonnant d'implorer le gérant de sortir des toilettes. Mais il sentit soudain une violente morsure à son mollet et poussa un juron.

— T'es méchant ! Fais pas pleurer ma maman ! cria l'enfant en allant se cacher derrière un bureau.

Maurice fit signe à Ricky de ramener le garçon, qui ne cessait de se débattre.

— Écoute, espèce de p'tit monstre. Si ta mère obéis pas à mes ordres, je donne pas cher de sa peau! Avez-vous compris, Madame?

L'otage fit un signe approbateur, essuya ses larmes et s'approcha de la porte en rassemblant tout son courage. Elle cogna poliment à quelques reprises avant de dire :

— Monsieur le gérant de la banque, je m'appelle Estelle Latendresse-Daudelin. Nous n'avons pas eu le plaisir de faire connaissance. J'habite la région du Loire-Atlantique en France, mais je suis en visite touristique pour encore trois jours chez ma sœur. Je m'excuse vraiment de vous importuner dans des circonstances outrageantes pour nous tous, mais je me demandais si vous auriez l'obligeance d'ouvrir la porte des latrines, parce que les deux cambrioleurs ici présents menacent mon fils Charles ainsi que moi-même et quelques autres clients de la banque des pires sévices corporels si vous n'obtempérez pas à leurs...

Maurice l'interrompit brusquement.

— Wo, wo, wo! Mais... mais où avez-vous appris à parler comme ça? On n'a rien compris nous, pas vrai, Ricky? Des «latrines», des «sévices» pis des «obtempérez»! Vous sortez ça d'où, ces grands mots-là à dix piasses?

— C'est une Française! fit Ricky. Probablement que le gérant n'a pas compris un sapré mot de tout son blablabla lui non plus!

Exaspéré à nouveau, Maurice ramena la femme et son fils dans la salle des otages.

Les deux cambrioleurs entendirent soudain du bruit à l'extérieur. Ricky jeta prudemment un coup d'œil par la fenêtre.

— Maurice, viens voir. C'est plein de voitures de police dehors!

L'instant d'après, un policier muni d'un porte-voix leur ordonna de libérer leurs otages.

Maurice réfléchit un instant.

— Aux grands maux, les grands remèdes! Ricky, ramène-moi un autre otage. Je viens d'avoir une idée géniale. J'ai trouvé une caméra vidéo dans la salle des ordinateurs. On va filmer un otage qui transmettra nos demandes à la police!

Ricky revint avec un type en complet-cravate, âgé d'environ 65 ans.

— Parfait, fit Maurice. Ce bonhomme-là m'a l'air assez mature pour convaincre la police du sérieux de nos intentions. Vous parlez français, Monsieur?

L'homme hocha la tête.

— Euh, je... oui, oui.

— Et vous n'êtes pas un touriste, j'espère?

— Non... non plus.

— Parfait.

Maurice le fit asseoir sur la chaise du gérant, et lui demanda de répéter que les deux cambrioleurs exigeaient de sortir librement de la banque avec le contenu du coffre-fort.

Mais dès les premiers mots de l'otage, Maurice et Ricky eurent l'impression que quelque chose n'allait pas.

— Le... les cam... cambri... cambrioleurs... de... deman... demandent... que... la... la... la... po... la... poli... la police...

Maurice lança la caméra au sol.

— Grrr... c'est encore raté! J'en ai assez, Ricky, tu m'entends! Assez!

Sur ces mots, Maurice s'avança près de la porte des toilettes, sortit son pistolet et en désespoir de cause, fit feu à trois reprises à travers la porte.

— Tu l'auras voulu, espèce de gérant des bécosses!

— Tu... tu l'as tué! cria Ricky.

Quand ils ouvrirent finalement la porte des toilettes, l'endroit était vide.

Maurice et Ricky regardaient autour d'eux d'un air éberlué.

— Comment a-t-il réussi à...

— Le plafond, Maurice! Le gérant a filé par la conduite de ventilation!

Les deux hommes coururent jusqu'à l'extrémité de l'étage, puis descendirent un étroit escalier qui menait au sous-sol. Tout au fond, une petite salle éclairée confirma leurs pires craintes : la porte était ouverte. Le coffre-fort était vide. L'oiseau avait filé.

Ils retournèrent à l'étage, vers la sortie arrière de la banque. Après s'être assurés que l'endroit n'était pas surveillé des policiers, Maurice et Ricky se glissèrent à l'extérieur de l'édifice. À leur grande surprise, leur voiture avait disparu.

— Tu l'avais pourtant laissée ici, fit Maurice.

Ricky hocha la tête de dépit.

— Dire que j'avais déposé tout mon argent dans cette banque. On ne peut même plus faire confiance au gérant!

Le détective malgré lui

Je déteste Toronto...

La dernière fois que j'y suis allé, c'était enfermé dans le coffre d'une voiture. Six heures de route entre Montréal et Toronto, recroquevillé dans la valise d'une Lincoln Continental noire, à soigner tant bien que mal une bosse aussi grosse qu'un œuf sur mon crâne.

J'ai deviné que l'on arrivait dans la Ville-reine en pleine nuit lorsque la voiture a ralenti pour circuler dans un dédale de ruelles. Quand ils ont enfin ouvert le coffre, j'ai aperçu mes deux ravisseurs : un gros type basané avec un œil de vitre et un revolver à la Dirty Harry, et l'autre, plus petit, chauve et moustachu, me pointant sous le nez un couteau qui n'avait visiblement jamais servi à éplucher les patates.

— Si monsieur veut bien descendre...

Pendant que j'extirpe mon corps endolori de cet affreux ghetto, la bosse sur mon crâne ravive mes souvenirs : en début de soirée, j'ai quitté mon appartement de la rive-sud de Montréal pour me rendre au Café Pietro, un trou dans l'est de la métropole. Mon informateur anonyme m'avait suggéré de me garer incognito près du resto, dans l'espoir de photographier Ray Chong, un chef de la mafia chinoise à Toronto. Tapi dans l'ombre, j'ai attendu quelques heures sans succès, lorsque la Lincoln noire s'est avancée à ma hauteur. Le gros gorille a baissé sa vitre en m'intimant de sortir de la voiture, puis m'a assommé. Après, ce fut le vide total.

— Mets ce bandeau sur tes yeux, ordonne le petit gorille.

Il m'agrippe par le bras, comme on fait traverser la rue à une vieille dame. Nous avançons dans un long corridor étroit où nos pas résonnent en écho. Probablement un entrepôt, me dis-je. Escalier métallique. Deuxième corridor. Bruit de conversations feutrées en italien dans une pièce. Tapis moelleux. Une main me pousse rudement sur une chaise et une voix m'ordonne d'enlever mon bandeau. L'horloge au mur devant moi indique 2 h 25 du matin.

— *Buena sera*. Bienvenue à Toronto, Rick Boisvert.

La lumière soudaine me fait cligner des yeux, mais trois secondes et quart suffisent pour constater que j'ai été kidnappé par la mafia italienne.

Cinq mafieux se trouvent dans la pièce, incluant mes deux ravisseurs. Leur patron, dignement assis derrière son bureau, se passe de présentation. C'est Sam Cavaliero, le chef du clan sicilien de Toronto. Il est encadré de deux capitaines, des *capos* comme on les appelle dans le milieu. Celui debout à sa droite a la mâchoire affreusement mutilée, comme seul peut l'avoir Benny « *The Blade* » Giacomo, à la suite de l'explosion de sa voiture il y a cinq ans. L'autre, avec ses allures de mannequin international, se nomme Jimmy Ribaldi. On raconte qu'un type qui avait déjà renversé du ketchup sur son éternelle cravate bleue à pois jaunes au restaurant l'a regretté pour le reste de sa vie!

Le patron se lève et s'approche de ma chaise.

— Je suis Sam Cavali...

— Je sais très bien qui vous êtes! dis-je rudement.

Il hoche la tête autour de lui, fier comme un coq. Éclat de rire général.

— Et vous savez pourquoi vous êtes ici, *signore* Boisvert?

La tête me fait affreusement mal, j'ai envie de vomir d'avoir été brassé comme un martini pendant six heures et ce comique s'amuse à jouer aux devinettes...

— Aucune idée.

— Vous êtes photographe de presse à Montréal et le seul homme à avoir réussi à photographier Ray Chong sans ses nombreux déguisements. Ce chef des triades chinoises se balade incognito entre Toronto, Montréal et Vancouver, mais personne d'autre que vous ne sait à quoi il ressemble vraiment. Sa vraie identité est farouchement gardée par ses hommes de main. Ce soir, vous l'attendiez au Café Pietro, n'est-ce pas?

— Mon contact m'avait dit qu'il viendrait, oui...

Sam Cavaliero lève les bras au ciel.

— C'est ça notre problème. Ray Chong n'est jamais là où on l'attend!

Le petit gorille, soudain converti en Mère Teresa, me remet une compresse d'eau froide que j'applique sur ma bosse.

— Ray Chong a toujours une longueur d'avance sur tout le monde, dis-je. Vous devriez le savoir.

Cavaliero approuve.

— C'est pourquoi vous allez nous aider à le retrouver, monsieur Boisvert.

— Vous lui voulez quoi, à Ray Chong?

— Ses hommes ont assassiné un *capo* de mon équipe et il va payer pour son crime!

Le mafieux frappe rageusement du poing sur la table. Il est plus que temps de me sortir de cette trappe à rats.

— Comme vous l'avez dit, je suis photographe de presse, pas détective privé. Et je n'ai pas la moindre idée où se cache Ray Chong. Alors si vous voulez bien m'excuser, j'ai un autobus à prendre pour retourner à Montréal...

Au moment où je me lève, le gorille derrière moi m'enfonce son poing dans l'épaule. Je hurle de douleur.

Sam Cavaliero me regarde en souriant.

— Vous allez nous aider, monsieur Boisvert. De gré ou de force...

Il fait un signe à l'un de ses hommes, qui s'avance vers moi et sort de sa poche un petit sac transparent. Le chef de la bande ajoute :

— C'est une mèche de cheveux de votre ex-femme Francine. Mes hommes la surveillent de près à Montréal. Vous tenez à elle, n'est-ce pas?

Devant mon hésitation à répondre, mes ravisseurs augmentent la pression d'un cran. Sur un signe de son patron, l'un des hommes projette un CD à la télé. J'y vois Martin, mon fils adoré de huit ans jouant au baseball, mais soudain, l'image devient floue. Cette fois, c'est un sous-sol humide en ciment, où je l'aperçois dans une pièce étroite et humide, sous la surveillance d'un mafioso. Il semble déjà avoir maigri! Mes yeux se remplissent de larmes et je serre les poings de rage.

Sam Cavaliero murmure à mon oreille.

— Si vous refusez de collaborer, monsieur Boisvert, vous ne reverrez jamais votre fils vivant. Jamais !

* *
*

Il faut avouer que la mafia de Toronto a le sens de l'hospitalité. Sam Cavaliero m'a logé dans un superbe loft au centre-ville, avec jacuzzi, lit géant et cinéma-maison. Une grande Italienne qu'ils surnomment « Nikita » me servira de chauffeur et de garde du corps pendant mes recherches. Je devine qu'elle est aussi chargée d'assassiner Ray Chong dès que je l'aurai identifié.

Première destination, un minable restaurant de la rue Baldwin, à deux pas du quartier chinois de Toronto.

— Espères-tu vraiment trouver Ray Chong ici ? demande Nikita incrédule, serrant nerveusement son pistolet sous son imper.

— Non, mais j'ai entendu dire qu'ils font les meilleures nouilles Shanghai en ville.

L'établissement est encore peu fréquenté en cette fin d'avant-midi. Une dizaine de petites tables garnies de nappes à carreaux s'alignent le long des murs. Deux cuisiniers chinois s'affairent bruyamment derrière le comptoir du fond. Une jeune Asiatique s'approche et nous tend le menu en anglais et en cantonnais.

— Le spécial Jeff, s'il vous plaît.

La serveuse écarquille les yeux et baragouine dans un anglais approximatif.

— Pas spécial Jeff sur menu !

Je lui fais signe d'aller s'informer aux cuisiniers. Quelques minutes plus tard, l'un d'eux s'approche de notre table. Il me reconnaît, enlève son tablier et s'assoit en me serrant chaleureusement la main. C'est Jeff Leung, un ancien collègue photographe de Montréal, revenu vivre ici.

— Rick Boisvert, ça fait un sacré bout de temps, mon vieux!

— Tu préfères la cuisine à la photo maintenant?

Il éclate de rire.

— Pas vraiment, mais les horaires flexibles nous laissent plus de temps, à mon frère et à moi, pour s'occuper de notre vieille mère malade. Qu'est-ce qui t'amène à Toronto?

Mon air soucieux et la sueur qui perle mon front me trahissent. Je fais signe à Nikita de s'éloigner un instant.

— Jeff, je dois absolument retrouver Ray Chong, le chef des triades chinoises. C'est une question de vie ou de mort. La mafia italienne menace de tuer mon fils si je refuse de collaborer. Je suis le seul à pouvoir identifier Chong, mais je n'ai aucune idée où il se cache. Tu es ma seule chance!

Il serre les dents.

— Tu connais le vieux proverbe chinois qui dit que l'imprudence tue plus de gens que l'épée? Les triades transforment les fouineux comme nous en Chow Mein, Rick!

— Je t'en supplie, en souvenir du passé!

Après un long silence, Jeff se penche vers moi.

— Sois à deux heures précises dans la ruelle derrière le Pearl Palace. Allez, file maintenant!

* *
*

Depuis que nous avons quitté Jeff, je consulte ma montre à tout instant. Nikita aussi devient de plus en plus nerveuse, je le sens. Nous devons rejoindre mon copain dans une demi-heure à l'endroit prévu.

Sur la rue Spadina, en plein quartier chinois, des dizaines d'établissements s'alignent pêle-mêle, avec leurs pancartes multicolores et leurs caisses de fruits et de légumes sur le trottoir. Un brouhaha indescriptible règne partout. En ce début d'après-midi, l'affluence est telle qu'il faut jouer du coude pour avancer, sur le trottoir comme dans la rue. Nikita m'en fait la remarque.

— S'il faut s'enfuir rapidement, cette foule va nous ralentir. Essayons de trouver une autre issue plus discrète.

Le Pearl Palace est en vue. C'est un restaurant oriental très fréquenté et ses énormes banderoles rouges et or claquent au vent. Nous le contournons discrètement pour nous rendre dans la ruelle derrière. Sans dire un mot, Nikita regarde attentivement autour d'elle. Après quelques instants, elle pointe du doigt une autre ruelle tout près : Larch Street. En cas d'urgence, je devine que ce sera notre issue de secours.

Nous attendons depuis 20 minutes. Aucun signe de Jeff Leung.

— Ton copain nous a lâchés ! lance impatiemment Nikita.

J'aimerais lui répliquer que non, le Jeff Leung que j'ai connu n'était pas un poltron. Mais en pareille situation, je ferais peut-être comme lui. Après trois quarts d'heure, nous décidons de repartir, surtout que le camion à ordures vient d'entrer dans la ruelle et Nikita veut éviter d'attirer l'attention. Nous croisons le gros véhicule en marchant lentement. Soudain, l'un des éboueurs qui vient de vider une poubelle pousse un cri d'horreur. Nous nous retournons juste à temps pour apercevoir le corps inerte de Jeff parmi les déchets.

Nikita me saisit par le bras pour m'entraîner vers l'issue de secours, mais je cours plutôt vers le camion, espérant que Jeff soit encore en vie. Il est atteint de deux balles, mais respire encore. Il serre quelque chose dans sa main. C'est un morceau de tissu bleu à pois jaunes, taché de sang...

Le tumulte autour de moi m'embrouille l'esprit. Nikita me pousse de force vers Larch Street. Les trois éboueurs affolés courent et gesticulent dans toutes les directions pour avertir la police. Attirés par leurs cris, quelques curieux commencent déjà à s'approcher. Nikita est très nerveuse et serre son pistolet contre elle. Je lui saisis la main et nous courons vers la ruelle.

Quinze minutes plus tard, nous sommes tous deux assis devant un café dans un petit resto. Pendant que Nikita s'éloigne pour appeler ses patrons, j'en profite pour remettre mes idées en ordre et examiner le bout de tissu bleu à pois jaunes taché de sang. Il est identique à la cravate que portait le *capo* Jimmy Ribaldi le soir de mon enlèvement! Un tissu aussi criard et flamboyant ne passe pas inaperçu, c'est certain. Si Ribaldi a tenté d'assassiner Jeff, c'est nécessairement pour nous empêcher de parvenir jusqu'à Ray Chong, le patron des triades chinoises. Mais pourquoi? Cette tentative d'assassinat ressemble davantage à un règlement de compte de la mafia italienne que chinoise. Nikita vient me rejoindre. Deux policiers entrent au même instant. Nous filons discrètement.

* *
*

Sam Cavaliero est incrédule.

— Vous l'avez *retrouvé*? Vous avez vraiment retrouvé Ray Chong?

Le patron de la mafia se tient devant moi, l'air incrédule. Je croise les bras pour cesser de trembler comme une feuille.

— Oui. Grâce à un ami, j'ai pu entrer en contact avec lui. Il accepte de vous rencontrer, vous et vos hommes, pour prouver qu'il n'a rien à voir dans le meurtre de votre *capo*. Il viendra seul, à la condition que personne ne soit armé.

Ma remarque déclenche un éclat de rire général dans le bureau du mafioso. Je joue le tout pour le tout.

— C'est votre seule chance de lui parler, monsieur Cavaliero. De discuter avec lui. Quand la rencontre sera terminée, vous ferez ce que vous voudrez.

L'un des hommes dans le bureau sourit méchamment, puis lève soudain le pouce et l'index en l'air.

Pouf! Pouf!

Sam Cavaliero sait qu'il n'a pas le choix. La rencontre est prévue demain soir, dans un entrepôt désert abandonné près du port de Toronto dont il me fournit l'adresse.

Le lendemain matin, je reste longtemps au lit. Plus longtemps qu'à l'habitude. Je pense à mon fils Martin que j'espère revoir...

En début de soirée, la limousine noire de Sam Cavaliero arrive à l'entrepôt désert. Il est accompagné de ses *capos*, Benny «*The Blade*» Giacomo et

Jimmy Ribaldi. Nikita et moi sommes déjà sur place depuis un bon moment. Je devine que personne dans l'entrepôt ne sera armé, mais le petit et le gros gorilles restés dans la limo le sont jusqu'aux dents, prêts à intervenir au moindre signal de leur patron.

Nous marchons lentement vers le milieu de cet entrepôt désert. Le bruit de nos pas qui martèlent le ciment résonne en écho autour de nous. Les mafieux sont nerveux. Plusieurs machineries lourdes dispersées dans l'entrepôt feraient de belles embuscades. Mais alors qu'ils cherchent du regard Ray Chong devant eux, l'homme surgit silencieux derrière le groupe, qui se retourne subitement. Le Chinois reste tapi dans l'ombre.

Sam Cavaliero et ses deux acolytes sont cloués sur place. De terreur ou d'admiration, je l'ignore. Peut-être parce qu'ils ont enfin sous les yeux le chef de la pègre chinoise que plusieurs qualifient de « fantôme vivant ».

Quand l'homme sort de l'ombre, Jimmy Ribaldi est le premier à réagir.

— Ce type-là n'est pas Ray Chong ! C'est un imposteur ! Descendez-le !

Sam Cavaliero ordonne le calme et se tourne vers moi, prêt à alerter ses deux gorilles dehors.

— Qu'est-ce que ça signifie ?

Je m'avance vers le patron.

— Comme vous l'avez dit, je suis le seul à pouvoir identifier Ray Chong. Puisque Jimmy Ribaldi sait que cet homme est un imposteur, c'est nécessairement parce qu'il a déjà rencontré le vrai patron des triades chinoises et conclu une alliance avec lui. Les triades ont accepté d'assassiner votre collègue *capo* pour donner plus de pouvoir à Jimmy au sein de votre organisation. En échange, il s'est arrangé pour protéger le vrai Ray Chong, en voulant assassiner mon copain Jeff.

Sam Cavaliero se penche vers son acolyte en serrant les dents.

— Tu voulais me trahir, Jimmy?

L'autre jure de son innocence.

Le patron se tourne vers moi et pointe du doigt le faux Ray Chong.

— Qui est cet homme?

— Robbie Leung, le frère de mon copain que Jimmy Ribaldi a voulu assassiner.

Je me tourne vers Jimmy, qui serre les dents de rage.

— Pour nous empêcher d'arriver jusqu'au vrai Ray Chong, vous avez tenté d'éliminer mon copain, mais il a eu le temps de vous arracher votre mouchoir, dis-je, en remettant au mafioso le tissu bleu à pois jaunes taché de sang.

Sam Cavaliero ne cache pas sa colère.

— Tu vas payer cher ton ambition, Jimmy!

Mais avant que Sam Cavaliero n'ait pu alerter ses deux gorilles dehors, Jimmy Ribaldi soulève un pan de son veston et brandit un pistolet qu'il pointe nerveusement vers son patron.

Deux coups de feu résonnent soudain dans l'entrepôt.

Pouf! Pouf!

Nikita, restée en retrait du groupe, a tiré à vue sans dégainer à travers son imper.

Jimmy s'écroule au sol, mortellement atteint.

Tout le monde se retourne vers cette femme tireuse d'élite. Elle hausse béatement les épaules, pendant que son pistolet fume encore.

— Ben quoi? Personne m'avait rien dit à moi...

* *
*

Le lendemain matin, il me semble que le soleil brille encore plus que la veille à travers les vitres de mon chic loft du centre-ville. On frappe. C'est Sam Cavaliero. Il est seul et de charmante humeur.

— Vous êtes libre de rentrer à Montréal, *signore* Boisvert.

Je l'accompagne à l'extérieur. La Lincoln continental noire dans laquelle j'avais fait le triste trajet Montréal-Toronto enfermé dans le coffre est garée devant le loft. Je remarque que le petit gorille est sur le siège avant, prêt à démarrer.

Sam Cavaliero me fait un signe de la main.

— Ouvrez le coffre!

Je reste cloué de stupeur. Tant pis pour l'hospitalité de la mafia, après tout!

— Pas question, M. Cavaliero! Je refuse de me faire brasser pendant six heures dans le...

Pour toute réponse, Sam Cavaliero glisse la main dans la poche de son veston de bonne coupe. Je devine qu'il est armé.

— Pour la dernière fois, *signore* Boisvert : ouvrez le coffre!

Je ferme les yeux d'un air résigné, soulève la poignée et le déclic se fait entendre. Le coffre s'ouvre.

Les cris de joie de mon fils Martin, caché à l'intérieur, éclatent soudain autour de nous.

Souvenirs de jeunesse

J'avais à peine 12 ans quand les événements que je vais raconter sont survenus. C'était il y a longtemps. Par conséquent, j'ai quelques trous de mémoire, mais je me souviens quand même assez bien de cette étrange histoire.

Mes parents venaient de déménager dans un vieil immeuble de l'est de la ville, avec ma sœur cadette et moi. Cette année-là, les choses avaient été de mal en pis pour papa. Son entreprise avait fait faillite et il avait perdu son travail de comptable. De plus, une bonne partie de ses placements à la bourse s'étaient écroulés. Il avait donc vendu la maison familiale et accepté à contrecœur un emploi de commis-comptable, au moins temporairement, pour nourrir sa famille.

Maman restait à la maison pour s'occuper de ma sœur tandis que je fréquentais ma nouvelle école. C'était un vieux bâtiment construit après la guerre qui avait accueilli des générations d'élèves. À l'occasion, mon tempérament libertin en profitait pour s'évader dans le bois derrière l'école. Je pouvais passer des heures à suivre des pistes de lièvres l'hiver ou le travail d'un rouge-gorge qui bâtissait patiemment son nid, brindille par brindille, au printemps. C'était ce que j'appelais la vraie vie — celle qui ne s'apprend pas toujours dans les livres.

À l'étage où nous habitions, il y avait aussi un vieux couple hongrois, les Kovacs. Irina Kovacs devait avoir à l'époque près de 70 ans. Je la revois encore avec son éternel tablier à grosses fleurs multicolores, sa chevelure argentée retenue en toque et ses chevilles enflées par l'arthrite. Lorsqu'elle m'apercevait dans le corridor, elle me faisait un signe de la main et me donnait quelques bonbons enveloppés. C'était un régal parce que la moindre gâterie, à la maison, était devenue interdite, faute d'argent. Irina avait probablement deviné notre situation précaire et n'hésitait jamais à gâter ma sœur ou moi.

— Tiens, mon petit, apporte aussi ceci à ta maman...

Je faisais un signe de tête, mais son délicieux poulet au paprika ne finissait jamais sur notre table. Maman était trop fière et refusait tout geste de charité.

Son mari, Gustav Kovacs, était plus âgé qu'elle. Il se déplaçait péniblement et semblait passer la majeure partie de son temps devant la télé. Quand j'entrais à l'occasion dans l'appartement, il m'adressait un sourire figé et lançait quelques mots en hongrois à Irina, qui sortait de la cuisine avec des friandises. Il me posait chaque fois la même question, comme un vieux tourne-disque dont l'aiguille serait restée accrochée.

— Quel âge as-tu, mon garçon? Et tu vas faire quoi quand tu seras grand?

— Un pompier, m'sieur.

Il éclatait de rire.

— Si tu es grand et fort, tu devrais devenir soldat! Dans mon pays, toutes les filles s'amourachaient des soldats!

Et il retournait à sa télé en hochant la tête.

Madame Kovacs parlait rarement de son fils Janus. Il avait la quarantaine, habitait à l'autre bout de la ville et travaillait comme mécanicien. D'après ce qu'elle racontait, Janus leur demandait de l'argent. Toujours plus d'argent. Irina et Gustav n'étaient pas riches, mais leur fils réclamait tout de suite sa part d'héritage. Dans l'immeuble, on racontait que Janus venait parfois rôder à l'étage en l'absence de ses parents. Madame Kovacs l'avait mis à la porte à quelques reprises et fait changer les serrures.

Mon autre ami dans l'immeuble était le concierge, Pierre Leduc. Il était arrivé environ deux mois après nous. Pierre était célibataire et occupait le plus petit appartement de l'immeuble. C'était ce qu'on appellerait aujourd'hui un «bachelor», un minable réduit mal chauffé d'environ quatre mètres sur trois, où se trouvaient son lit, un réfrigérateur miniature, un petit poêle à gaz ainsi qu'une toilette rudimentaire. Il gardait une radio portative près de son lit. Mais Pierre m'avait avoué que c'était plus que suffisant. Il avait vécu la vie de bohème dans plusieurs pays d'Europe et s'estimait chanceux d'avoir un toit sur la tête en échange de son travail d'entretien de l'immeuble.

Pour le gamin que j'étais, Pierre était un bricoleur hors pair. Je l'avais vu à plusieurs reprises calfreutrer des brèches dans les murs et réparer des circuits électriques. Pierre s'occupait aussi de cuisiner trois fois par jour pour madame Robitaille, une veuve du cinquième confinée à son fauteuil roulant.

Je l'observais souvent avec admiration, en m'assoyant près de lui pendant qu'il travaillait.

— Comment on fait pour refaire un plancher de céramique, Pierre?

Il me regardait d'un air amusé.

— Tu apprendras un jour, mon garçon. Et la toilette dans votre appartement, elle fonctionne bien maintenant?

— Oui. Maman a dit que ça va. Mais elle a d'autres choses à réparer, quand tu auras le temps qu'elle a dit.

Pierre soupirait, puis sortait son carnet pour noter le travail.

Un jour, pendant que je le regardais travailler, Irina Kovacs surgit dans un état d'excitation que je ne lui avais jamais vu.

— Monsieur Leduc! Vous devez venir tout de suite...

Elle saisit Pierre par le bras et le traîna derrière elle jusqu'à son appartement. En état de panique, elle mêlait le hongrois et le français, de sorte que ses paroles n'étaient qu'un flot de mots incompréhensibles. En arrivant à l'appartement, elle finit par expliquer que la rampe du balcon s'était subitement détachée en début d'après-midi, risquant d'entraîner dans sa chute son mari Gustav, qui s'était appuyé dessus pour prendre l'air, après sa sieste quotidienne.

— Vous réalisez que Gustav ou n'importe qui d'autre aurait pu tomber et se tuer! lança-t-elle, très énervée.

Je m'approchai du balcon privé de sa rampe pour jeter un coup d'œil en bas. Mme Kovacs avait raison. Du sixième étage, les chances d'atterrir dans le stationnement sans se briser les os étaient nulles.

Pierre constata effectivement que la rampe avait cédé sous le poids du vieillard.

— C'est un vieil édifice, madame Kovacs. Parfois, les marches ou les rampes d'escalier ne sont pas toujours très solides. Vous devriez être plus prudents.

La remarque lui fit monter les larmes aux yeux.

— Prudents ? Mais nous sommes prudents, monsieur ! Que voulez-vous que je fasse de plus ? Ma vue a beaucoup baissé ces dernières années et mon pauvre mari commence à faire de l'Alzheimer à 76 ans. Il allume le poêle au gaz dans l'appartement, mais l'oublie ensuite. C'est dangereux. Je dois toujours le suivre comme un bébé partout dans la maison. La vie n'est pas drôle pour de pauvres immigrants comme nous, vous savez.

Pierre hochait la tête par sympathie.

— Je vais faire remplacer la rampe demain matin, madame Kovacs. Et cette fois-ci, je vous promets qu'elle sera solide.

Le lendemain, Pierre passa une partie de l'avant-midi à aider les ouvriers à installer la nouvelle rampe. Pour ma part, je profitais d'un statut particulier. J'avais la chance de surveiller l'exécution des travaux aux premières loges, assis sur le divan, tout en pigeant à volonté dans le plat de biscuits hongrois de Mme Kovacs.

Gustav Kovacs, qui regardait la télé, se tourna soudain vers moi.

— Quel âge as-tu, mon garçon ? Et tu vas faire quoi quand tu seras grand ?

* *
*

Quelques jours plus tard, en revenant de l'école, je vis Pierre en train de réparer la clôture qui bordait l'immeuble.

Il me cria de loin.

— Tu veux m'aider à installer la broche?

Je courus jusqu'à lui.

— Je ne peux pas. Madame Kovacs m'a demandé de faire la lecture à son mari à chaque jour. C'est pour que son esprit ne devienne pas malade, qu'elle m'a dit. Et elle me paye pour mon travail.

Pierre approuva.

Avant de repartir, je lançai :

— Et samedi prochain, Mme Kovacs va m'emmener au petit cirque en ville. Elle dit que M. Kovacs aime bien le cirque lui aussi.

Le reste de la semaine ne passa pas assez vite à mon goût. Le samedi, je comptai les heures avant notre départ pour le cirque. Elle m'avait donné rendez-vous à son appartement à 14 heures. Quinze minutes avant l'heure prévue, j'étais déjà assis dans l'escalier lorsque maman surgit derrière moi, très énervée.

— Ah, te voilà enfin! Viens vite m'aider, mon chéri. Je ne comprends pas ce qui est arrivé. La toilette a débordé et il y a beaucoup d'eau sur le plancher. Viens m'aider à nettoyer tout ça!

Maman me prit par la main et m'entraîna à l'appartement.

Quand le travail fut terminé, je constatai que mes beaux vêtements étaient maintenant tout tachés, et surtout, qu'il était presque 15 heures!

J'allais me précipiter chez les Kovacs quand maman m'annonça tristement :

— Ils sont partis, mon chéri. Madame Kovacs t'a attendu un peu, mais ils devaient finalement partir.

Je baissai la tête pour ne pas pleurer. Surtout que papa m'avait répété qu'un garçon de 12 ans, ça ne pleure pas. Mais en soirée, ma tristesse augmenta quand maman m'annonça une autre nouvelle : les Kovacs avaient eu un grave accident d'auto en allant au petit cirque cet après-midi et tous deux étaient maintenant à l'hôpital.

Le lendemain, les nouvelles furent heureusement plus encourageantes. Mes deux voisins n'avaient subi que quelques blessures mineures dans l'accident. Par contre, la voiture, une vieille Buick, était complètement démolie. Madame Kovacs avait raconté à la police qu'elle avait tenté d'éviter une camionnette venant en sens inverse, sans réussir à freiner à temps. Sa voiture avait quitté la route et s'était écrasée contre un arbre.

Quelques jours plus tard, je jouais dans le corridor lorsqu'un grand type mal rasé, mais portant un énorme bouquet d'œillets jaunes, sonna à la porte des Kovacs.

— C'est moi, mama ! Ouvre la porte, je t'ai apporté des fleurs !

Après un moment de silence, la porte s'ouvrit, mais resta entrebâillée.

— Ne viens plus ici, Janus. Plus jamais, je t'en prie…

Leur fils insistait.

— Mais mama, j'ai eu tellement peur quand j'ai appris l'accident. Je voulais…

La porte se referma brusquement et Janus lança les fleurs sur le parquet.

— Je reviendrai vous voir, mama. Je reviendrai, c'est promis ! cria-t-il en descendant bruyamment l'escalier.

Quelques jours plus tard, mes parents me réveillèrent en pleine nuit. Sur le seuil de la porte, je vis des pompiers s'affairer bruyamment à l'étage. J'appris qu'un incendie s'était déclaré dans l'appartement des Kovacs. En raison de leur intervention rapide, les pompiers réussirent à limiter les dégâts.

Quand les enquêteurs vinrent l'interroger plus en détail le lendemain, madame Kovacs ne sut trop quoi leur répondre. L'un d'eux indiqua que le détecteur de fumée n'avait pas donné l'alerte, parce qu'il n'y avait aucune pile à l'intérieur !

— Mais... mais il y en a toujours ! s'indigna madame Kovacs. L'instant d'après, elle se ravisa.

— À moins que Gustav les ait enlevées. Mon mari est un vieil homme très malade, vous savez... il oublie facilement. Et de plus, il n'arrête pas de fumer comme une cheminée...

Durant les semaines qui suivirent, je continuai de circuler à ma guise dans l'appartement des Kovacs, sans qu'ils ne semblent conscients de ma présence. L'enquête avait confirmé que Gustav s'était endormi en fumant au lit, ce qui avait provoqué l'incendie. Depuis, Irina semblait consacrer toutes ses énergies à son mari, dont elle suivait désormais les moindres déplacements et allait au devant de ses moindres désirs. Quant à Gustav, il en profitait souvent pour s'allumer une cigarette en cachette avec le poêle à gaz dès qu'Irina avait le dos tourné.

Un matin, la porte des Kovacs était entrouverte. J'allongeai le cou pour apercevoir le concierge Pierre qui remplaçait le robinet de la cuisine. Derrière lui, Irina Kovacs lançait des ordres à son mari, qui semblait errer dans l'appartement. En m'apercevant, elle me fit signe d'entrer.

— Ah, mon petit, si tu savais comme c'est difficile de vieillir. Encore hier soir, Gustav s'est levé en pleine nuit pour fumer en cachette. Je ne dors plus à l'idée de savoir qu'il risque de provoquer un autre incendie ! Viens-tu lui faire la lecture ?

Pierre me regarda d'un air qui indiquait que madame Kovacs n'était pas de très bon poil aujourd'hui. Je prétextai des devoirs pour partir.

Ce fut la dernière fois que je vis Irina et Gustav Kovacs vivants.

La même nuit, une formidable explosion retentit partout dans l'immeuble. Les pompiers intervinrent à nouveau, mais tout l'appartement et une partie de l'immeuble furent détruits. Selon le rapport des enquêteurs, Gustav s'était encore levé cette nuit-là pour s'allumer une cigarette avec le poêle à gaz, mais une fuite dans l'appartement aurait déclenché l'explosion.

Plusieurs années plus tard, j'avais presque oublié cette histoire lorsqu'une photo attira mon attention dans le journal. La police signalait l'arrestation d'un certain Pierre Leduc. Son vrai nom était Kasimir Steinmann, un Juif français immigré au pays avec la mission d'éliminer d'anciens collaborateurs du régime d'Adolph Hitler durant la Deuxième Guerre mondiale. Ce « chasseur de Nazis » professionnel travaillait apparemment depuis des années pour une puissante organisation internationale clandestine, bien financée et très bien informée.

Le journal précisait que Kasimir Steinmann s'était notamment fait embaucher comme concierge dans notre immeuble afin d'éliminer le Hongrois Gustav Kovacs, un haut gradé de l'armée nazie impliqué dans l'extermination de plus de 2000 Juifs et Tziganes au printemps 1943. Après plusieurs tentatives ratées d'assassiner Gustav Kovacs, Kasimir Steinmann — alias Pierre Leduc — avait finalement réussi en trafiquant le poêle à gaz de son appartement.

Dangereuses rénovations

Nous habitons, ma femme Marie-Hélène et moi, une superbe villa un peu en retrait du village et à l'abri des regards indiscrets, au 7037 rue de la Falaise. La maison de pierres centenaire au bord de la rivière est spacieuse et bien éclairée, et la falaise tout près lui donne un charme campagnard incontestable. Récemment, nous avons décidé de faire repeindre la majeure partie du rez-de-chaussée et du premier étage.

La consultation des *Pages jaunes* nous laissa le choix entre trois contracteurs locaux. Le premier était trop occupé pour faire le travail dans les délais prévus, le deuxième présenta une estimation exorbitante et le troisième n'acceptait que des contrats industriels.

Un soir, en prenant une bière à la brasserie locale, un vieux copain sensible à mon désarroi me remit un numéro de téléphone.

— Tiens, donne donc un coup de fil à Bruno. C'est un cousin de ma femme. Il vient de revenir dans la région et se cherche du travail. Et en plus, il n'est pas cher, tu vas apprécier.

Le lendemain, je composai le numéro de téléphone de ce Bruno. Une voix rauque, sortie du fond d'un cendrier, me demanda :

— C'est pour une job de démolition ou de peinture, capitaine ?

— Euh... de peinture.

Bruno accepta de venir le lendemain évaluer l'ampleur et le coût des travaux.

Il n'était pas grand, mais certainement costaud et affichait la cinquantaine bien sonnée. Son visage osseux et sa barbe de trois jours lui donnaient un air de dur à cuire. Il portait un jeans délavé et un t-shirt sans manches. Ses avant-bras musclés révélaient quelques vilaines cicatrices, suggérant qu'il avait autant — sinon davantage — d'expérience dans le maniement du couteau que du pinceau...

Il resta silencieux la plupart du temps, se contentant d'évaluer le travail en hochant la tête et en répondant à mes remarques par un grognement. Malgré tout, son estimation eut raison de mes réticences. Bruno était deux fois moins cher que ses concurrents ! Il fut décidé qu'il commencerait le lendemain matin.

Les deux ou trois premières journées se déroulèrent sans ennuis. Bruno arrivait tôt le matin et repartait généralement en fin d'après-midi. Il semblait faire du bon boulot. Mais la tâche était énorme et après quelques jours, il constata qu'il aurait besoin d'aide.

Le lendemain matin, Bruno se présenta en compagnie d'un autre type, un prénommé Dave. Il était mince comme un fil, mais avait le visage aussi ridé qu'une vieille pomme. Il était facile de deviner que Dave avait d'autres passions que la peinture dans la vie. Il échappa deux fois son pinceau sur le parquet importé d'Italie et mit le pied sans sourciller dans un gallon de peinture. Tout cela avant la fin de sa première journée d'ouvrage!

Ma femme Marie-Hélène engueula vertement Bruno, qui promit de mieux surveiller ses employés. Il ne congédia pas Dave, mais amena le lendemain du renfort en la personne de Stevie. Je remarquai immédiatement que le nouveau venu semblait nerveux, bourré de tics et qu'il regardait constamment par-dessus son épaule gauche. Mais peu importe. L'heure n'était pas à l'analyse psychologique. Il fallait que mon contracteur prenne les moyens qui s'imposaient pour finir son boulot, et ceci s'imposait!

Le dernier peintre à se joindre à l'équipe de Bruno s'appelait Tiger et arriva deux jours plus tard. Tiger était grand, athlétique et travaillait torse nu. Il portait des espadrilles neuves qu'il se fit un devoir de pavaner aussi fièrement qu'un coq devant ses collègues. En ce qui me concerne, je ne remarquai même pas les espadrilles. C'est plutôt son torse entièrement recouvert de tatouages de dragons rugissants qui m'impressionna!

Mon bureau étant à la maison, il était donc facile pour moi de superviser le travail. Avec la collaboration de Dave, Stevie et Tiger, j'eus la certitude que Bruno arriverait à compléter la tâche dans les délais prévus. Je remarquai aussi que c'était vraiment lui, le patron. Il n'avait ni les muscles, ni le gabarit de ses collègues plus jeunes, mais savait certainement se faire obéir par la manière forte.

— J'ai dit de finir le salon en premier, Stevie! cria Bruno. Sans ça, prépare ta tombe! Pis discute pas!

Stevie se contenta de hocher nerveusement la tête et de reprendre le travail.

Pour le consoler de sa mésaventure, je lui apportai du café.

— Bruno est dur avec toi, on dirait…

Il haussa les épaules.

— Bof, c'est correct. Quand j'étais en dedans, c'était lui le boss.

— En dedans ?

Stevie regarda une fois de plus nerveusement par-dessus son épaule gauche avant de chuchoter :

— On était au pen, Bruno pis moi. J'ai fait six ans pour avoir défoncé un coffre-fort de banque. Si j'avais eu deux minutes de plus, ils m'auraient jamais poigné, les flics !

Il donna un coup de poing rageur sur le mur, sans réaliser que les gouttelettes de peinture sur son pinceau volaient en rafale autour de lui.

Pendant qu'il parlait, j'avais remarqué les chiffres « 37, 71, 26 » tatoués sur son avant-bras droit. Stevie, qui avait suivi mon regard, se pencha à mon oreille :

— C'est la combine du premier coffre-fort que j'ai ouvert, dans le bureau de mon oncle. J'avais quinze ans. Ça m'a pris du temps, mais j'ai fini par l'ouvrir, le damné coffre !

Le lendemain, Dave s'affairait à poser du mastic sur le contour d'une porte lorsqu'il poussa un cri atroce. J'accourus près de lui. La lame du couteau avait glissé et s'était enfoncée dans la peau de l'index. La blessure était superficielle, mais saignait néanmoins abondamment.

— Tu vas pas crever encore cette fois-là, Dave ! lança Bruno en éclatant de rire.

— Pis oublie pas que tes doigts sont trop précieux pour les gaspiller ! ajouta à son tour Stevie.

Dave s'assit sur le bord de la baignoire, pendant que j'appliquais du peroxyde et un bandage sur son index.

Il tenta maladroitement de bouger les doigts, devenus soudain plus encombrants.

— C'est pas avec ça que je vais neutraliser un système ! lança-t-il d'un air angoissé.

— Quel système ?

— N'importe quel système d'alarme. Ces doigts-là peuvent désactiver n'importe quoi ! Bruno me le répétait pour m'encourager quand on était au pen. C'est comme un frère pour moi. Je ferais n'importe quoi pour lui. Bruno, il a peur de rien.

Puis, il se ravisa en éclatant de rire.

— Sauf des rats ! Bruno en a trop vu quand il était en dedans. Les rats, ça le fait capoter !

Je sursautai.

— Ah bon, toi aussi tu étais au...

Il me fit un clin d'œil complice.

— Neutraliser un système d'alarme, t'apprends pas ça sur les bancs d'école, comprends-tu ? Ça prend des nerfs d'acier pis de la patience. Mais avec le temps, tu finis par les connaître. Plus ils sont compliqués, plus tu trouves d'autres façons de les neutraliser. C'est comme une game qui finit jamais, mon chum. Jamais !

Le seul employé de Bruno qui semblait hermétique à toutes mes questions était Tiger. À quelques reprises, je l'avais approché pendant qu'il peinturait pour lui offrir un café, une pâtisserie et même une bière. À chacune de mes tentatives pour me renseigner sur son compte, il émettait un grognement d'ours mal léché, me signifiant de lui foutre la paix. D'ailleurs, Tiger n'était pas du genre à se laisser marcher sur les pieds. Il me dépassait d'une tête et c'était un poids lourd musclé, comme le laissaient deviner ses biceps saillants.

Ce jour-là, les copains de Bruno venaient de repartir en fin d'après-midi et lui-même s'affairait à remballer son matériel quand je vins le trouver en lui tendant une bouteille d'eau.

Il prit le temps de s'asseoir.

— Encore deux jours pis on devrait avoir fini, capitaine.

Je profitai de l'occasion pour satisfaire davantage ma curiosité.

— Bruno, j'ai appris que tes amis Dave et Stevie t'avaient connu en prison. Qu'est-ce qui t'as amené à...

Il prit une gorgée d'eau, posa ses grosses bottes de travail sur la table de salon en marbre et croisa les bras.

— T'es pas content de mon ouvrage? dit-il de sa voix rauque.

— Au contraire! Mais ce n'est pas souvent que j'ai d'anciens détenus chez moi. Alors j'étais juste curieux de savoir si...

— Moi, je torchais des bâtiments, dit Bruno. J'ai fait quatre ans pour avoir mis le feu à des entrepôts. Un gars venait me trouver, me donnait une enveloppe bourrée de fric et me demandait de torcher un entrepôt. Pas de problème. La plupart des jobs, c'était parce que le gars avait besoin de l'argent de l'assurance.

— Et Tiger?

— Ah, lui c'est pas pareil. C'est un maniaque sexuel. La police l'a déjà arrêté plusieurs fois, mais ils l'ont relâché à cause d'un vice de procédure au procès.

Une pensée éclaira soudain mon visage. Bruno s'en aperçut. Je lui posai la question à mots couverts.

— J'aurais peut-être un autre travail pour toi Bruno. Après...

— Des rénovations ?

— Non. Je voudrais... comment dire... que tu voles mon diamant pour qu'on touche l'assurance. Peux-tu m'aider ?

Bruno resta impassible. Visiblement, ce n'était pas le genre de question qui l'empêchait de dormir.

Encouragé par l'absence de réaction, je poursuivis.

Bruno posa sa bouteille d'eau sur la table du salon et me regarda droit dans les yeux.

— Pourquoi moi, capitaine ?

— Ça fait plusieurs jours que je te regarde travailler avec ta gang. Ces gars-là te respectent. Vous faites une belle équipe. Je sais que chacun a sa spécialité : Dave peut neutraliser les systèmes d'alarme, Stevie sait ouvrir les coffres-forts, Tiger est un violeur et toi-même, Bruno, un pyromane. À quatre, vous pourriez tromper la police en faisant croire à un cambriolage qui a mal tourné. On pourrait s'arranger que ma femme et moi soyons assommés, après vous avoir surpris.

— Vous serez où ? demanda Bruno.

— Couchés au lit. On n'entendra rien. Et vous n'aurez pas besoin de lampes de poche pour circuler dans la maison. Il y a un éclairage de nuit sur tous les murs.

Bruno s'était levé et hochait la tête, encore indécis.

— T'es prêt à payer combien pour la job, capitaine?

— Cinquante mille dollars à vous partager, dont vingt-cinq mille maintenant. Cash, évidemment.

J'allai à mon bureau et revins avec une épaisse enveloppe que je remis à Bruno. Il l'ouvrit, la soupesa et je vis un éclair d'envie traverser ses yeux.

En fin de soirée le lendemain, une voiture s'approcha lentement de la maison, phares éteints. Quatre hommes, portant une cagoule et vêtus de noir, en sortirent pour se diriger vers la porte d'entrée.

Le premier, qui détenait la clé principale de la maison, ouvrit la porte. L'instant d'après, Dave s'affairait à neutraliser le système d'alarme, ce qui fut pour lui un jeu d'enfant. Il rejoignit le groupe et le quatuor monta lentement les marches pour arriver à l'étage. Un deuxième homme les quitta pour aller dans le bureau. Sur place, Stevie repéra sans tarder le coffre-fort derrière une sérigraphie et se mit au travail. Cinq minutes plus tard, le coffre était ouvert et son contenu avait disparu dans son sac.

Sa tâche accomplie, le cambrioleur rejoignit ses trois comparses dans le corridor. Cette fois-ci, ils marchèrent à pas de loup jusqu'à la chambre à coucher, pour nous assommer tel que prévu. Le plus grand et le plus costaud des trois demanda aux autres de l'attendre dans le corridor. Tiger s'avança vers le lit et souleva brusquement les couvertures. Le lit était vide…

Paniqué, il sortit de la chambre et se rua vers les trois autres qui l'attendaient.

— Personne dans le lit. C'est un piège, sacrons notre camp! ragea-t-il.

— Calme-toi. Tu t'es trompé de chambre, imbécile! rétorqua Bruno.

Pour toute réponse, Tiger leur braqua une photo sous les yeux.

— Et ça, c'est une erreur aussi? C'était sur l'oreiller. La photo d'une femme que j'ai agressée il y a quatre ans!

Pendant qu'il parlait, les lampes qui les avaient guidés le long des murs de la maison s'éteignirent soudain.

— Shit! C'est un piège. Sortons vite d'ici! ordonna Bruno à son équipe maintenant plongée dans l'obscurité totale.

Ils rebroussèrent chemin en s'appuyant à l'aveuglette sur les murs.

— C'est une grande maison pleine de recoins, alors restons ensemble. Vous m'avez compris les gars? ordonna Bruno, pour rassurer son équipe.

Deux voix lui répondirent.

— Stevie? Où est Stevie?

Pas de réponse.

En raison de l'obscurité qui régnait, Stevie s'était aventuré dans une direction opposée à celle de ses complices. Il était arrivé au fond d'un corridor et avait réussi à lire la pancarte «Cour arrière» sur la porte. Confiant de pouvoir s'échapper, il poussa la porte et fit quelques pas. Mais quand il constata l'absence d'escalier, il était trop tard. Stevie chuta d'une hauteur de quatre mètres en poussant un grand cri.

Bruno redressa la tête.

— C'est... c'était quoi ce cri?

Les trois hommes ébranlés continuèrent d'avancer à tâtons. Soudain, Dave s'écarta du groupe en apercevant une faible lueur bleuâtre sur le mur devant lui.

— Bougez pas, les boys. La prise d'électricité doit fonctionner puisque cette plaque est éclairée. Je m'en occupe.

Dave s'avança et souleva l'interrupteur. Au même moment, il réalisa qu'il marchait dans une flaque d'eau et hurla de douleur avant de s'effondrer au sol, électrocuté.

Bruno et Tiger restèrent stupéfaits.

— On dirait que le proprio veut jouer au plus fin! fit Bruno, en pointant son pistolet dans l'obscurité. Il était aux aguets, cherchant un indice, un signe, qui lui permettrait de quitter la maison. Un bruit sourd le fit sursauter.

— Reste ici Tiger, d'accord? Tu bouges pas. Je reviens tout de suite, ordonna nerveusement Bruno.

Il s'avança dans la direction d'où provenait le bruit, braquant son arme dans la noirceur totale. Soudain, un bruit encore plus fort que le premier retentit derrière lui. Bruno pivota instinctivement sur ses talons et fit feu à trois reprises.

Le silence soudain autour de lui l'inquiéta.

— Tiger, Tiger! Tu m'entends? chuchota Bruno.

Il avança lentement dans l'obscurité et ses pieds heurtèrent une masse inerte sur le sol. Bruno s'accroupit pour la tâter. Sa main rencontra le visage ensanglanté de Tiger, qui respirait difficilement.

— Lâche-pas! Je vais te sortir d'ici!

Réalisant qu'il était maintenant fin seul, Bruno s'immobilisa sur place. La peur envahissait chaque pore de sa peau. Il décida de ruser. Levant la tête au plafond, il dit :

— Ok, si vous m'entendez, quelqu'un... je dépose mon pistolet sur le plancher. Comme ça... Vous pouvez sortir maintenant, je me rends à la police.

Bruno aperçut soudain une porte entrouverte près du salon. La seule pièce éclairée de toute la maison. Il avança prudemment, en regardant à gauche et à droite et serrant le poignard caché sous sa chemise. Il entra à pas feutrés dans la pièce. Au même instant, une trappe s'ouvrit brusquement. Des dizaines de rats émergèrent vers lui ! Cloué sur place par la peur, Bruno fit des moulinets désespérés avec les bras dans l'espoir de les faire fuir. Mais après quelques minutes de cette lutte inégale, sa terreur fut telle qu'une crise cardiaque le terrassa et il s'effondra sur le plancher.

Ces quatre truands étaient bien connus de la police locale. Personne ne s'étonna qu'ils aient à nouveau fait équipe ensemble pour monter une autre opération qui avait cette fois mal tourné, au 7037 rue de la Falaise...

Les cinq étapes du chagrin

Une pluie fine tombait en cet après-midi de juin. Daniel Lambert s'avança et déposa une rose sur le petit cercueil blanc de son fils, sur le point d'être inhumé au cimetière paroissial. Une cinquantaine de parents et d'amis s'étaient massés autour de lui, solidaires dans l'épreuve qui les touchait. La plupart avaient les yeux larmoyants, en se disant que la mort d'un garçon de 11 ans avait quelque chose d'inhumain, presque scandaleux.

Daniel, lui, ne pleurait pas. Ou plutôt, il ne pleurait plus. Il avait versé toutes les larmes de son corps. Si les gens autour de lui avaient pu toucher son cœur, ils auraient ressenti la dureté de la roche. Le cœur d'un homme amèrement déçu de la vie et de l'injustice qui le frappait. Patrick était mort de leucémie, après une rémission qui avait pourtant laissé entrevoir tous les espoirs. Mais la maladie avait repris de plus belle, emportant avec elle non seulement les chances de guérison mais aussi la vie de son fils.

Dans les jours qui suivirent, Daniel se terra littéralement chez lui. Les appels de sympathie restèrent sur le répondeur. Le courrier s'accumula dans la boîte aux lettres. Et les visiteurs bien intentionnés s'en retournèrent bredouilles. Sa vie ne tournait plus au ralenti ; elle s'était arrêtée, tout simplement. Lui et sa femme s'étaient séparés quelques années auparavant, un couple brisé par les ravages de la maladie de leur fils. Le seul autre occupant de la maison était le chien Spike, un cadeau pour le dernier Noël de son fils et qui restait entre-temps confiné à la cave en attendant des jours meilleurs.

Quelques jours plus tard, Daniel était assis à la table de cuisine lorsqu'on sonna à la porte. Fidèle à son habitude, il l'ignora. Mais le manège se répéta plusieurs fois, généralement vers la même heure. Par curiosité, il ouvrit la porte et se retrouva devant deux étrangers souriants.

— Que l'amour de l'Esprit éternel soit avec toi, mon frère !

Les vendeurs de religion étaient la dernière espèce d'humains que Daniel voulait voir. Il recula brusquement, s'apprêtant à leur claquer la porte au nez. Mais quelque chose le retint. Ces deux types dans la trentaine et bien mis ressemblaient davantage à des hommes d'affaires qu'à des adeptes religieux. L'un d'eux avait une petite valise et l'autre, un magazine qu'il lui tendit.

— Nous appartenons à un groupe du renouveau chrétien appelé L'Esprit éternel. Je suis Peter et voici Roger. Est-ce que le Très Haut fait partie de ta vie, mon frère ?

La question raviva les récentes réflexions existentielles de Daniel, qui durcit le ton.

— Non, ton Très Haut est très bas dans ma vie ! Ou plutôt, il ne fait *plus* partie de ma vie ! Je viens d'enterrer mon fils de 11 ans et je ne peux pas croire que Dieu soit venu chercher ce que j'aimais le plus au monde. Si c'est ça l'amour divin, on peut s'en passer!

Daniel était agité et des larmes coulaient sur ses joues. Il baissa les bras, comme si les forces lui manquaient. Les deux autres l'écoutaient en silence. Peter ajouta :

— L'épreuve que tu traverses est grande, mon frère et je comprends ta volonté de vouloir te débarrasser de Dieu. Le reniement est une réaction normale. Souviens-toi de l'apôtre Pierre après l'arrestation du Christ. Quand une servante lui dit qu'elle l'avait aperçu avec le Seigneur, Pierre jura à trois reprises qu'il ne connaissait pas cet homme. Mais il se rappela soudain la parole de Jésus : «Avant que le coq chante, tu m'auras renié trois fois» et il pleura amèrement.

Daniel avait patiemment écouté Peter, puis refermé la porte. Les jours suivants, il tenta de reprendre le travail, mais le cœur n'y était pas. À deux reprises, il éclata pour des peccadilles devant des collègues de bureau. Son patron lui suggéra de prendre un peu de repos. Ce jour-là, quand il revint chez lui en après-midi, il aperçut Peter et Roger à sa porte.

— Encore vous deux? Allez, faites de l'air avant que je perde patience!

Roger, resté silencieux à leur première rencontre, s'approcha de Daniel.

— Oh, mais tu as déjà perdu patience, mon frère, ça se voit. Et tu es même en colère, pas contre nous mais contre le Très Haut. Tu pensais pouvoir simplement l'éliminer de ton existence en le reniant, mais maintenant, tu es vraiment en colère contre lui, n'est-ce pas?

Daniel hocha la tête.

— Ah, ça oui! Si je l'avais devant moi, ton Très Haut, je lui piquerais une de ces crises de nerfs dont il se souviendrait longtemps!

Puis, constatant qu'il parlait à deux hommes prêchant la parole de Dieu, il baissa la tête.

— Ne te sens pas coupable de cette colère, ajouta Roger. Après tout, même Jésus a fait comme toi. L'évangile de Saint-Luc nous rappelle qu'en entrant dans le Temple, il chassa tous les vendeurs d'animaux et renversa les tables en leur criant : «Enlevez tout ça d'ici! Ne faites pas de la maison de mon Père une maison de commerce!»

Daniel rentra chez lui en hochant la tête.

— Décidément, ces types-là ont réponse à tout! se dit-il, en haussant les épaules.

La semaine suivante, Daniel retourna au travail. Il restait de longs moments à contempler le mur vide devant lui, sur lequel il projetait les images de son fils comme dans un film. Il se rappela soudain cette fameuse partie de baseball quand Patrick avait sept ans. C'était l'été avant sa maladie. Avec trois joueurs sur les buts, il avait claqué ce coup sûr au champ droit qui avait fait gagner son équipe! Il avait été le héros de la journée. Daniel s'en souvenait comme si c'était hier. Ces petits flashes de vie intense ouvraient sa plaie à vif et lui rappelaient à quel point il avait adoré son garçon.

— Je ferais n'importe quoi pour que Patrick revienne, se disait-il intérieurement. N'importe quoi.

Le samedi suivant, on frappa à la porte. Daniel ouvrit et se retrouva à nouveau devant Peter et Roger. Malgré lui, il se prit à engager la conversation. Depuis qu'il vivait seul, il ressentait parfois le besoin de déverser son trop-plein d'émotion.

Les deux hommes remarquèrent qu'il semblait tout aussi agité qu'à leur première rencontre.

— Si seulement Dieu pouvait me ramener Patrick! Je ferais n'importe quoi pour lui. Me raser le crâne et aller prêcher l'évangile en Afrique, s'il le faut!

Peter lui mit la main sur l'épaule et murmura :

— Écoute-moi bien, Daniel. D'abord, tu as refusé le Très Haut en le reniant de ta vie, puis tu t'es mis en colère contre lui. Et maintenant, te voilà prêt à négocier. Tu lui dis : « Redonne-moi mon fils Patrick et je ferai tout ce qui te plaira. » C'est une réaction normale et je constate que tu traverses présentement les cinq étapes du chagrin : d'abord le reniement, ensuite la colère, et maintenant la négociation...

— Et les deux autres ? demanda Daniel, intrigué.

Peter souria.

— Tu les vivras en temps et lieu, mon frère. Mais sache que même Abraham a négocié avec Dieu. Le livre de la Genèse nous apprend que le Très Haut voulait détruire Sodome, une ville de pécheurs. Abraham négocia et le Très Haut accepta d'épargner la ville à la condition de trouver cinquante âmes justes. Mais le pauvre homme fut incapable d'en trouver autant et dut constamment négocier à la baisse avec le Très Haut, qui finit par détruire Sodome.

Quelques jours passèrent, durant lesquels Daniel n'eut aucune visite. Au bureau, les choses allaient de mal en pis. Son patron lui avait offert de prendre un congé de maladie en raison de son rendement quasi nul. Daniel s'était retrouvé à la maison, sans emploi, sans son fils et s'était tourné vers l'alcool. Quand les deux représentants de l'Esprit éternel cognèrent à sa porte le samedi matin suivant, ils le trouvèrent en camisole, avec une barbe de trois jours et une bière à la main. Il faisait pitié à voir et dégageait une haleine fétide. Mais Peter et Roger n'en laissèrent rien paraître.

— Que le Très Haut soit avec toi, mon frère! lança joyeusement Peter.

Il regarda les deux hommes d'un air béat et dit d'une voix pâteuse :

— J'ai... j'ai plus rien dans ma vie. Pas de job, pas de femme, pas d'enfant. Ça donne quoi de vivre? Vous le savez, vous autres?

Daniel s'avança lentement vers les deux hommes, qui s'écartèrent pour le laisser passer. Ils le suivirent du regard lorsqu'il sortit comme un automate, vida sa bière et lança la bouteille qui éclata dans la rue. Quand il revint, Roger mit son bras autour de son épaule.

— Tu files un mauvais coton, mon frère. Regarde-toi. Tu es devenu l'ombre de toi-même. Mais les choses pourraient être différentes si tu réalisais que le Très Haut a un projet de vie pour toi. Tu n'as qu'à t'abandonner à son amour pour devenir un homme nouveau, changé. Tu as la confiance de savoir qu'il te guide et te réconforte à chaque minute de ta vie, pour t'aider à traverser toutes les épreuves et les déceptions. Et surtout, à surmonter ta dépression actuelle.

Mais Peter constata que Daniel l'écoutait à peine. Son regard vacillait et il tenait à peine debout.

Les deux hommes le soulevèrent par les épaules. Ils le transportèrent jusqu'à sa chambre et le déposèrent sur son lit.

— Le pauvre type est complètement dans les vaps ! constata Peter en ricanant.

Roger ne l'écoutait pas. Il fouillait partout dans la chambre, faisant claquer les tiroirs de façon méthodique. Après s'être emparé de deux montres dispendieuses, il gloussa de plaisir en apercevant un ordinateur portatif sur le bureau. Quant à Peter, il avait glissé la main dans la poche de Daniel pour lui soutirer son portefeuille.

Quand Daniel se réveilla le lendemain matin, il eut l'impression que sa tête allait éclater. Il prit une douche pour se réveiller et tenta de déjeuner, mais son estomac refusait toute nourriture. Il vagabonda en ville toute la journée. De retour à la maison, il prit la décision de changer sa vie.

Environ une semaine plus tard, Daniel s'affairait à tondre le gazon lorsqu'il vit passer Peter et Roger sur le trottoir. Il alla à leur rencontre.

— Que le Très Haut soit avec vous ! lança Daniel.

— Que le Très Haut soit avec toi, mon frère ! répondit Peter avec une certaine gêne.

Les deux hommes se regardèrent ébahis et restèrent immobiles. Daniel était rasé et paraissait en grande forme. Il les invita à prendre un café à la maison.

Étonnés, Peter et Roger s'installèrent autour de la table. Ils virent aussi une Bible tout près. Daniel déposa deux tasses devant eux.

Peter ne pouvait plus contenir sa curiosité.

— Pardonne notre surprise, mon frère, mais il y a une semaine à peine, tu semblais en dépression profonde et en état d'ébriété avancé. Et maintenant, nous te voyons radieux et heureux de vivre…

Daniel hocha la tête.

— C'est vrai. Au plus fort de ma dépression, j'ai réalisé que je risquais de m'enfoncer chaque jour davantage en refusant la volonté du Très Haut. Rien ne me rendra mon fils Patrick de toute façon. Alors, aussi bien faire preuve de résignation et continuer mon existence avec amour.

Peter leva sa tasse à la ronde en proclamant :

— Quelle belle leçon de courage tu nous donnes à tous, Daniel ! Te souviens-tu des étapes du chagrin ? Le reniement, la colère, la négociation, mais aussi les deux autres que tu as vécues depuis, la dépression et maintenant la résignation. Rappelons-nous l'acceptation de Jésus au mont des Oliviers, avant son arrestation. Il s'était retiré à l'écart des apôtres pour prier en disant « Père, si tu veux, éloigne de moi cette coupe ! Cependant, que ce ne soit pas ma volonté, mais la tienne qui se fasse ! »

Quand Peter se tourna vers son collègue Roger, il vit que celui-ci avait fermé les yeux et somnolait. Peter se sentait lui aussi envahi par une profonde léthargie. Il perdit conscience et échappa sa tasse sur le plancher. Le somnifère versé dans leur café agissait rapidement.

Lorsque les deux hommes se réveillèrent quelques heures plus tard, les lieux autour d'eux avaient changé. L'obscurité était maintenant quasi totale. Et cette humidité ne trompait pas : ils étaient dans une cave. Peter et Roger étaient solidement ligotés sur une chaise. Dès qu'ils bougèrent pour tenter de défaire leurs liens, des aboiements féroces leur glacèrent soudain le sang dans les veines. À un mètre derrière eux, un chien monstrueux à la gueule gigantesque était lancé au bout de sa chaîne et ses crocs venaient presque se planter dans leur cou.

Ils entendirent du bruit dans l'escalier et Daniel apparut devant eux.

— Je vois que vous avez fait la connaissance de Spike, le pitbull affamé de mon fils. Priez, mes amis, priez pour que sa chaîne soit solide !

Et il remonta l'escalier.

Dans les heures qui suivirent, les deux hommes furent confrontés à la férocité incessante de Spike, qui reculait pour mieux s'élancer vers eux, les yeux exorbités de rage.

Paralysés par la terreur, Peter et Roger criaient en direction de la porte de la cave.

— Tu te trompes, Daniel ! Nous n'avons rien fait pour mériter ça !

Quelques heures plus tard, voyant que leurs cris de détresse restaient sans réponse, Peter serra les dents et cria :

— Sors-nous d'ici ou tu vas le payer cher, Daniel. Je te jure que tu vas le payer très cher !

Le lendemain matin, la porte de la cave s'ouvrit. Daniel descendit avec un plat de nourriture qu'il déposa près du chien.

— Spike a bien travaillé, il mérite de manger.

Les deux hommes étaient affamés et terrorisés par l'agressivité du chien.

Roger leva les yeux pour implorer Daniel d'une voix sourde.

— Écoute, libère-nous et on ne dira rien, d'accord ? C'est juré.

Mais son appel resta lettre morte. L'autre remonta l'escalier et le pitbull reprit ses attaques de plus belle.

Quand Daniel revint le lendemain, il constata que les deux hommes avaient changé. Leur regard était devenu terne et leurs nerfs visiblement mis à rude épreuve. Ils étaient abattus, immobiles et terrorisés.

Daniel appela le chien vers lui. Peter et Roger relevèrent péniblement la tête.

— Vous avez voulu m'enseigner les cinq étapes du chagrin, mais vous n'êtes que des criminels qui en ont profité pour s'infiltrer chez moi, abuser de mon hospitalité et me voler. Vous avez aussi pillé la chambre de mon fils Patrick, qui était devenue mon seul refuge ! Depuis deux jours, c'est à votre tour de les vivre, les cinq étapes du chagrin. Vous avez d'abord refusé votre sort, puis vous m'avez menacé de colère, avant de vouloir négocier votre liberté. Et aujourd'hui, vous êtes visiblement déprimés. Quelle est la dernière étape du chagrin ?

Peter se concentra avant de répondre.

— La… la résignation, bafouilla-t-il.

Sur ces mots, Daniel recula et s'apprêta à couper la chaîne du pitbull.

Au même instant, la porte de la cave s'ouvrit et deux policiers envoyés par un voisin agacé par les jappements incessants de Spike, surgirent dans l'escalier.

La mort est pleine de surprises

Jacques Levasseur marchait d'un pas rapide, sous une pluie qui lui fouettait le visage en cette soirée de novembre. Novembre, le mois des morts, comme il se rappela soudain. Son père était mort en novembre. Sa sœur aussi. Il se hâta vers le café au coin de la rue. Son attention fut soudain attirée par un édifice de briques grises à sa gauche, un peu en retrait du trottoir. C'est curieux, se dit-il. Il marchait régulièrement dans ce secteur de la ville, mais c'était la première fois qu'il remarquait vraiment cet édifice sobre.

Il s'avança sur l'étroit trottoir qui menait à la porte. Son regard nota soudain une petite affiche noire près de l'entrée. C'était un salon funéraire. Sur l'affiche, il lut : « La dépouille de Simon Provost sera exposée ce soir, de 19 heures à 22 heures. »

— Simon Provost... répéta Jacques Levasseur. Était-il possible que son ancien collègue de l'université soit décédé ? Pour en avoir le cœur net, il poussa la porte et entra dans le vestibule. Une odeur particulière flottait dans l'air. Il s'avança vers la grande salle, d'où il pouvait apercevoir au fond le défunt dans son cercueil. Piqué par la curiosité, Jacques traversa la salle et se rendit près de la dépouille. Même trente ans plus tard, il reconnut qu'il ne s'agissait pas de son ancien collègue d'université. Tant pis. Puisqu'il était sur place, il s'agenouilla sur le prie-Dieu et se recueillit quelques instants.

Son silence fut troublé par un toussotement poli derrière lui. Jacques se retourna. Un homme à l'allure austère et en complet noir le regardait intensément. C'était de toute évidence le directeur funéraire.

— Je suis désolé. J'ignorais que le salon était fermé à cette heure, dit-il un peu gêné, en se relevant.

Mais l'autre le retint.

— Prenez votre temps, mon cher monsieur. Le salon ne ferme que dans une heure.

Jacques jeta un coup d'œil à l'horloge murale qui indiquait 20 h 53 et comprit sa méprise.

— J'ai cru que vous étiez fermé parce que le salon est désert. Je n'ai vu aucun visiteur.

Le directeur funéraire haussa les épaules d'un air embarrassé.

— En effet, personne n'est venu. Vous êtes le premier. Êtes-vous un parent du défunt?

— Euh, non. En voyant son nom sur l'affiche, j'ai cru qu'il s'agissait d'un vieux copain d'université. Mais je me suis trompé.

Le directeur funéraire hocha la tête et l'invita à s'asseoir.

— C'est triste de mourir seul comme un chien, vous savez. Voilà quelqu'un qui entreprend le grand voyage vers l'au-delà, mais sans personne autour de lui pour faire le bilan de sa vie, être peiné de son départ ou partager des souvenirs. Même dans les civilisations anciennes, saviez-vous que les plus démunis de la société avaient droit à des « pleureuses professionnelles », qui rendaient hommage aux défunts en quelque sorte ? Non vraiment, je ne souhaite à personne de mourir seul. Mais que voulez-vous, la mort est pleine de surprises, mon cher monsieur.

Sa remarque eut un profond effet perturbateur sur Jacques, qui ressortit déprimé du salon funéraire. Cette nuit-là, il eut de la difficulté à trouver le sommeil, revoyant sans cesse l'image de ce cercueil abandonné de tous dans la grande salle du salon funéraire, comme un radeau de fortune à la dérive au milieu de l'océan.

Le lendemain matin, Jacques se leva tôt et se rendit directement au bureau, en espérant que le travail réussirait à lui occuper l'esprit. Mais en vain. En milieu d'avant-midi, il revint à la maison et se roula en boule sur le canapé du salon. Depuis hier soir, il ressentait, sans pouvoir l'expliquer, une énorme tristesse qui l'emprisonnait comme une carapace géante.

Était-ce vraiment l'image de ce défunt abandonné de tous dans son cercueil qui le chagrinait à ce point ? Après mûre réflexion, il dut constater que non. Même si la situation était désolante, il réalisa que ce type était un pur étranger envers qui il n'éprouvait aucun sentiment personnel. Finalement, Jacques dut s'avouer qu'il avait projeté ses propres angoisses existentielles sur le défunt. La réalité, c'est que lui aussi avait peur de mourir seul. Terriblement peur...

Pour s'en convaincre, il s'adonna à un petit quiz mental. Qui étaient les trois premières personnes qui suivraient son cercueil à ses funérailles ? Jacques fouilla ses souvenirs pendant plusieurs minutes. Le premier nom qui surgit à son esprit était Amélie, la femme qui avait partagé sa vie pendant 15 ans. Mais l'an dernier, Jacques avait demandé le divorce. Il y avait aussi Victor Marceau, avec qui il avait été associé en affaires depuis leur sortie d'université. Presque un frère. Mais il y a trois ans, Jacques avait vendu à gros prix sa part du bureau de comptables à un important cabinet américain, empêchant Victor de réaliser son rêve d'acquérir l'entreprise. Ils ne s'étaient pas parlé depuis. Et finalement, il y avait aussi sa mère Dorothée, une femme de 82 ans qu'il avait fait entrer au foyer après la mort de son père. Dorothée avait laissé à Jacques tout son argent, après lui avoir fait promettre d'aller la visiter régulièrement au foyer. Mais il était très occupé et oubliait presque toujours.

Jacques Levasseur réalisa avec tristesse que si les trois êtres qui avaient occupé une place primordiale dans son existence — Amélie, Victor et Dorothée — n'assistaient pas à ses funérailles, c'est qu'il avait échoué lamentablement sa propre vie. Il était très conscient de leurs sentiments à son égard, tout en espérant que le temps cicatrise parfois les vieilles blessures.

Quelques jours plus tard, il passa à nouveau devant le salon funéraire en soirée. Malgré lui, il se sentit attiré à l'intérieur. Il s'approcha de la porte. Sur l'affiche, il lut : « La dépouille de Pierre Rivard sera exposée ce soir, de 19 heures à 22 heures. »

— Pierre Rivard... répéta Jacques Levasseur. Était-ce le même type qui avait été fiancé à sa sœur durant quatre ans ? Pour en avoir le cœur net, il poussa la porte et entra dans le vestibule. Il s'avança vers la grande salle, d'où il pouvait apercevoir au fond le défunt dans sa tombe. Piqué par la curiosité,

Jacques traversa la salle et se rendit près de la dépouille. Même dix ans plus tard, il dut constater qu'il ne s'agissait pas de l'ancien fiancé de sa sœur. Tant pis. Puisqu'il était sur place, il s'agenouilla sur le prie-Dieu et se recueillit quelques instants.

Quand il se retourna, le directeur funéraire était derrière lui. Jacques leva les yeux vers l'horloge murale qui indiquait 19 h 28.

— Où sont donc les visiteurs ? demanda-t-il avec surprise.

L'homme haussa les épaules d'un air embarrassé.

— Personne n'est venu. Vous êtes le premier. Êtes-vous un parent du défunt ?

— Euh, non. Mais en voyant son nom sur l'affiche, j'ai cru qu'il s'agissait de l'ancien fiancé de ma sœur. Je me suis trompé.

Le directeur funéraire hocha la tête et l'invita à s'asseoir.

— C'est triste à dire, mais vous pouvez le constater vous-même : de nos jours, les gens n'ont plus le temps d'accomplir les choses essentielles de la vie. Je vous parie que les visiteurs qui devraient être ici ce soir pour rendre hommage au défunt sont peut-être devant la télé ou l'ordinateur, ou encore à faire des heures supplémentaires au bureau. Le sens du devoir social est en train de se perdre, c'est tellement triste. Mais que voulez-vous, la mort est pleine de surprises, mon cher monsieur.

Comme la fois précédente, Jacques quitta le salon funéraire plutôt déprimé, forcé de constater que la tendance était peut-être maintenant de « mourir seul comme un chien », comme l'avait dit le directeur funéraire. Mais ça, Jacques refusait de l'admettre. Il décida de convaincre les trois personnes qui comptaient le plus dans sa vie à assister à ses funérailles, quitte à payer le prix qu'il fallait. Et avec l'argent empoché lors de la vente de son cabinet de comptables, il avait toutes les ressources nécessaires pour réussir cette opération.

Dès le lendemain, il se mit au travail. Quand son ex-épouse Amélie prit sa pause-café de l'avant-midi, Jacques l'attendait près de l'ascenseur au bureau. Avant qu'elle n'ait ouvert la bouche, il précisa ses intentions :

— J'ai été ton conjoint pendant 15 ans et j'ai tout gâché, je le reconnais. Mais ça n'enlève rien au fait que tu restes l'une des personnes les plus importantes dans ma vie. Combien d'argent veux-tu pour assister à mes funérailles ?

Amélie resta la mâchoire décrochée un bon moment.

— Ah bon, tu te foutais de mes sentiments à l'époque, mais maintenant, ce sont tes funérailles qui te préoccupent ? J'en ai rien à faire de ton argent, mon vieux !

Elle allait repartir lorsqu'il lui lança :

— Es-tu toujours présidente du comité sur la sclérose en plaques ?

Sans la laisser répondre, Jacques sortit un chèque en blanc et y inscrivit un montant qui fit sursauter son ex-épouse.

Amélie le déposa délicatement dans son sac à main.

— Avec ça, mon cher Jacques, je pourrai même faire chanter une grand-messe à ta mémoire chaque année si tu veux !

Elle repartit en souriant.

Jacques se frotta les mains, conscient d'avoir réalisé l'impossible : Amélie viendrait à ses funérailles. Au tour maintenant de Victor Marceau, son ancien partenaire !

La tâche s'avéra plus compliquée que prévu. En questionnant d'anciens collègues, Jacques apprit que Victor était devenu amer après avoir échoué dans ses ambitions d'acquérir le cabinet de comptables. Il avait fait une grave dépression et abandonné la profession. Aux dernières nouvelles, il était alcoolique et vivait dans une minable maison de chambres quelque part en ville. En larmes, son ex-femme supplia Jacques :

— Il n'écoute plus personne. Tu dois le convaincre de se faire désintoxiquer. Vous étiez comme deux frères à l'époque !

Sur ses supplications, Jacques contacta un copain travailleur social qui parvint à retrouver Victor et à le convaincre d'aller se faire traiter dans une clinique de désintoxication privée. Jacques avait offert d'assumer tous les frais de traitement et de réinsertion sociale de son ancien collègue. D'après le travailleur social, Victor s'accrochait à la cure comme à une boue de sauvetage et le pronostic de guérison s'avérait excellent.

Restait sa mère Dorothée. Jacques était conscient d'avoir manqué à son devoir de fils et d'avoir brisé le cœur de sa mère. Tout d'abord, elle refusa de prendre ses appels et encore moins de l'accueillir au foyer. Comme Dorothée l'avait dit aux employés de l'établissement, elle n'avait pas l'intention de revoir ce « fils ingrat ». Se butant à une fin de non-recevoir, Jacques se rendit directement au bureau de la directrice du foyer.

— Je ne peux rien faire pour vous, trancha-t-elle. Si votre mère refuse de vous voir, c'est sa décision.

Pendant que la directrice parlait, Jacques admirait la superbe maquette sous verre, près de lui.

— Ce sont nos projets de rénovation, précisa-t-elle fièrement. Nous visons à amasser trois millions de dollars pour améliorer nos installations.

Jacques la félicita, avant d'ajouter :

— Est-ce qu'un don de 500 000 $ vous persuaderait de construire le pavillon « Dorothée Levasseur » ?

L'air sidéré de la directrice acheva de convaincre Jacques du bien-fondé de sa mission. Dans les jours qui suivirent, il eut l'immense bonheur de se réconcilier avec sa mère, qui n'en revenait pas de sa générosité soudaine.

Jacques se sentait le cœur léger. Cette réconciliation — survenue avec les trois êtres qui comptaient le plus pour lui — lui donnait littéralement des ailes. Pour la première fois depuis des années, il avait nettement l'impression d'être, sinon aimé, du moins respecté et apprécié par eux. Mais dans son for intérieur, un léger, un tout léger doute subsistait encore. Quand il repassa devant le salon funéraire, il en fit part au directeur.

— Vous savez, j'ai dépensé énormément d'argent pour que mon ex-femme, mon ancien partenaire d'affaires ainsi que ma vieille mère assistent à mes funérailles quand je mourrai. Mais comment m'assurer qu'ils tiendront vraiment parole ?

Le directeur funéraire l'écouta attentivement.

— Il existe peut-être un moyen, mon cher monsieur. Pourquoi ne pas préparer un petit stratagème ? Je pourrais vous installer dans un cercueil au fond de la salle. Vous serez immobile et confortable, sous l'effet d'un léger sédatif qui détendra vos muscles tout en vous permettant d'entendre ce qui se passe dans la pièce. De mon côté, je contacterai personnellement Amélie, Victor ainsi que votre mère Dorothée pour les informer de votre prétendu « décès ». Nous verrons alors s'ils tiennent parole et vous rendent visite. Qu'en dites-vous ?

Jacques approuva. L'idée était géniale.

Le lendemain, ils mirent leur plan à exécution. Près de la porte du salon funéraire, l'affiche précisait « La dépouille de Jacques Levasseur sera exposée ce soir, de 19 heures à 22 heures ». Victor fut le premier à arriver. Il s'avança près du cercueil, encore abasourdi par le décès de son vieil ami qui l'avait sorti de sa déchéance. Il resta un long moment à sangloter avant de repartir. Ce fut ensuite au tour d'Amélie, son ex-femme. Elle avait accumulé tant de haine contre Jacques qu'elle pleura d'abord de rage. Puis la rage fit place aux regrets et finalement à la sympathie. Contre toute attente, elle sortit de son sac à main son alliance qu'elle avait toujours conservée et la déposa sur la poitrine de Jacques en pleurant.

Lorsqu'elle fut repartie, Dorothée arriva peu après. Elle marchait lentement avec une canne, mais le spectacle de son fils exposé au fond de la salle semblait la ralentir encore davantage. Elle s'arrêta à une distance prudente du cercueil, luttant contre la tentation d'étreindre la dépouille de son fils unique avec qui elle venait de se réconcilier. Dorothée resta jusqu'à la dernière minute, lorsqu'elle sentit le directeur funéraire toussoter dans son dos. Elle leva les yeux vers l'horloge murale qui marquait 22 heures. Elle savait qu'il était temps de repartir.

Quand le salon funéraire fut désert, le directeur s'approcha de la tombe dans laquelle se trouvait Jacques Levasseur et resta silencieux un instant. Puis, il ferma le lourd couvercle du cercueil de bronze en hochant la tête.

— Que voulez-vous, la mort est pleine de surprises, mon cher monsieur.

Les vrais propriétaires du 55 rue Dodier

La maison Rivard datait du début du siècle dernier. Elle avait jadis été une majestueuse résidence de lattes blanches et vertes, éloignée de la rue, qui s'imposait encore avec ses tourelles et sa grande véranda circulaire. Je la voyais souvent, sans vraiment la remarquer, quand mon travail d'agente immobilière m'amenait dans cette partie de la ville. C'est dire ma surprise lorsqu'on m'appela un jour, il y a quelques années, pour m'en confier la vente.

Le notaire chargé de la succession m'expliqua la situation. La maison du 55 rue Dodier avait récemment été rénovée et convertie en deux jumelés. Le 55A venait d'être vendu et le 55B était maintenant sur le marché. Comme à l'habitude, je décidai de visiter la maison avant d'accepter.

De l'extérieur, il faut l'avouer, la propriété ne payait pas de mine. Le terrain était envahi par les ronces et les mauvaises herbes. Mais à l'intérieur, je constatai avec surprise que la plomberie et l'électricité étaient en bon état, les chambres, plutôt bien aménagées, et mis à part une odeur de renfermé, les lieux semblaient, ma foi, fort habitables. Je m'empressai donc de placer une pancarte «À vendre» devant la maison.

Dans les jours qui suivirent, je fus contactée par un certain Paul Perron. Cet ingénieur en mécanique venait de rentrer au pays après avoir travaillé plusieurs années au Sénégal. C'était un solide gaillard, athlétique et dans la quarantaine, qui adorait bricoler dans ses temps libres. Avec une flamme dans les yeux, il m'avoua que son intention était d'acheter le 55B pour démolir la véranda arrière et construire plutôt une annexe pour loger sa vieille mère.

Environ une semaine après avoir déménagé, Paul Perron me téléphona. Après les formalités d'usage, il passa au vif du sujet.

— J'ai remarqué certaines «anomalies» avec la maison.

— Que voulez-vous dire? demandais-je, plutôt étonnée. Parlez-vous de la cheminée? Du toit? De la cave?

Il hésita au bout du fil.

— Je crois qu'on devrait se rencontrer pour en discuter. Êtes-vous libre pour le lunch ce midi?

Ma curiosité piquée à vif, j'acceptai de le rencontrer le même jour. Quand Paul Perron arriva au restaurant, c'était, ma foi, un tout autre homme que celui que j'avais connu les jours précédents. Il semblait avoir vieilli de 30 ans! Paul marchait le dos presque voûté, l'air abattu et cette flamme de nouveau propriétaire qu'il avait dans le regard avait disparu. Dans les faits, il avait les yeux rouges et bouffis par le manque de sommeil.

Je fus encore plus perplexe lorsqu'il attendit que la serveuse soit repartie pour me parler des problèmes avec la maison. Son haleine de buveur chronique de café et sa barbe de trois jours n'inspiraient rien de bon. Après avoir jeté un coup d'œil à gauche et à droite, il se pencha vers moi pour chuchoter.

— Comme je vous l'ai dit, madame, il y a des « anomalies » dans la maison Rivard.

— Mais de quoi parlez-vous ? dis-je, encore sous le choc de la transformation que j'avais sous les yeux.

— Le petit tapis brun devant le foyer du salon. L'avez-vous remarqué ?

Je tentai vaguement de me rappeler.

— Il y a une grosse tache de sang en dessous !

— Du sang ? dis-je, incrédule.

— Séché, confirma Paul. Je le sais parce qu'un copain a fait l'analyse au labo. Mais les tests ne sont pas concluants à savoir si c'est du sang humain ou non. La tache est là depuis longtemps. Il est évident que le tapis servait à la dissimuler.

Je savais que si Paul réussissait à trouver une explication scientifique à cette bizarrerie, il voudrait probablement vendre la maison. Il fallait lui remonter le moral et vite.

— Écoutez, Paul, si ça peut vous rassurer, je vais faire quelques recherches sur les anciens propriétaires de la maison Rivard. Qui sait, on apprendra peut-être des choses intéressantes, d'accord ?

Il soupira.

— Si ce n'était que ça. J'ai aussi constaté d'autres « anomalies ».

— Comme quoi ?

Cette fois-ci, Paul inclina la tête avant de parler.

— J'hésite à vous le dire, mais depuis quelques nuits, j'entends des gémissements de femme dans la chambre d'à côté.

— Ça provient peut-être de chez votre voisin.

— Non, j'ai vérifié. Le proprio du 55A est un jeune célibataire dans la vingtaine, en fauteuil roulant et qui vit sur le bien-être social.

— Un autre voisin, alors?

— Impossible. Ils sont tous à bonne distance de la maison.

J'éclatai soudain de rire, ce qui mit Paul sur la défensive.

— Et si c'était vous, Paul, qui rêviez pendant votre sommeil. Ces choses-là arrivent souvent. Vous croyez entendre des bruits, mais c'est dans votre tête!

Ma remarque fut loin de l'amuser. Sans me laisser le temps de réagir, Paul Perron se leva pour repartir. Mais il se retourna soudain pour me servir une mise en garde :

— Vous devriez prendre les choses au sérieux, vous aussi. Avant qu'il ne soit trop tard.

Le lendemain, je décidai de mener ma petite enquête sur les anciens propriétaires de la maison Rivard. Un collègue, agent immobilier depuis plus de 30 ans, me fournit un compte rendu troublant : cette somptueuse résidence avait appartenu à la même famille pendant trois générations. Le dernier à l'occuper à la fin des années 80, un certain Louis-Charles Rivard, était apparemment un alcoolique chronique et un mari jaloux. Un soir, après être rentré en état d'ébriété avancé, il avait trouvé sa femme qui se préparait à s'enfuir avec l'enfant et était devenu très violent.

Munie de ces informations, je me mis en route vers la maison Rivard. Mais qu'allais-je vraiment dire à Paul? Le meurtre qui remontait à une bonne quinzaine d'années expliquait probablement la flaque de sang séché sous le tapis du foyer. Quant aux gémissements de femme qu'il affirmait entendre, c'était reconnaître que la maison Rivard était possiblement « hantée », ce que je refusais d'admettre, de toute évidence.

En approchant de la maison Rivard, j'aperçus soudain une voiture de police et une ambulance. Le va-et-vient était incessant autour de la maison. Quand j'informai un policier que je venais rencontrer le propriétaire des lieux, il me demanda :

— Êtes-vous une parente ? Une amie ?

— Je suis l'agente immobilière de Paul.

— Madame, j'ai le regret de vous informer que monsieur Perron vient d'être retrouvé inconscient au bas de l'escalier dans la maison, fit le policier.

J'étais bouche bée.

— Un accident ? demandais-je enfin.

— En apparence. On croit que monsieur Perron était seul dans la maison au moment de la tragédie. Quel était le motif de votre visite, madame ?

J'étais abasourdie par la nouvelle, mais j'évitai néanmoins de révéler les faits troublants que je venais d'apprendre sur les anciens propriétaires de la maison Rivard.

— Simplement vérifier si le déménagement s'était bien déroulé.

L'agent me laissa repartir sans autre question.

Dans les jours qui suivirent, je n'arrêtai pas de me poser des questions. Et comme je refusais toute présence soi-disant « surnaturelle » dans la maison Rivard, je n'eus aucun problème à remettre le jumelé 55B sur le marché, à la demande de Paul Perron qui quitta immédiatement la région.

L'architecture détaillée de cette résidence plaisait aux connaisseurs et deux sœurs l'achetèrent quelques jours plus tard. Laura était antiquaire et Nicole, une enseignante en congé sans solde à la suite d'un épuisement professionnel. Par souci d'honnêteté, j'expliquai en termes vagues que le plancher devant le foyer du salon était taché depuis longtemps, évitant d'en dire trop. Mais puisque ces deux femmes prévoyaient refaire tout le rez-de-chaussée, elles accordèrent peu d'importance à mes propos.

— La véranda circulaire à l'avant est superbe! fit Laura. C'est dommage qu'elle ne soit pas recouverte. Nous allons faire des travaux pour la rendre habitable à l'année.

Environ une semaine plus tard, je ne fus pas vraiment étonnée d'être contactée par Nicole, l'enseignante. Tout comme Paul Perron, elle voulait discuter de la maison. Quand j'arrivai ce soir-là, les deux femmes m'invitèrent à passer au salon.

Laura et Nicole disaient adorer cette demeure rustique. Elles avaient été séduites par des détails qui échappaient à d'autres, tant les moulures des corniches que la finition de la cheminée ancienne.

— Saviez-vous que les anciens propriétaires visitent encore cette maison! lança soudain Nicole en me regardant droit dans les yeux. Le saviez-vous?

Devant mon étonnement, elle ajouta :

— À trois ou quatre reprises depuis une semaine, nous avons été témoins de «visites» assez troublantes. Par exemple, nous n'avons pas encore utilisé le foyer, mais une odeur de bois brûlé circule à l'étage durant la nuit.

Pendant qu'elle parlait, Laura approuva d'un signe de tête.

— Et à l'étage, nous entendons aussi une voix d'homme en colère. C'est vraiment étrange...

Je repartis ce soir-là aussi troublée qu'après ma rencontre avec Paul Perron. Était-ce possible que «l'esprit» des anciens propriétaires de la maison Rivard rôde encore dans cette maison, plus de quinze années après ce meurtre sordide ?

Peut-être en raison de ma formation d'agente immobilière, j'estime qu'une maison n'est qu'une maison : un endroit où se loger, fabriqué de briques, de bois et autres matériaux. C'est tout. De grâce, n'en faites pas un repaire de fantômes !

Quelques jours plus tard, Laura et Nicole m'invitèrent à nouveau chez elles en soirée. Davantage par curiosité que par intérêt, j'acceptai d'aller prendre un café. Elles avaient fait du feu dans la cheminée. Mais en m'installant autour de la table du salon, je réalisai que Nicole avait une idée bien précise en tête ce soir-là : contacter les prétendus esprits qui habitaient la maison Rivard !

— En faisant quelques recherches, j'ai appris la vérité sur cette maison, dit-elle. Une femme a été victime de mort violente, ici même dans ce salon. C'est la raison pour laquelle son esprit troublé erre encore dans la maison. Nous devons l'aider à trouver le repos éternel !

— Ne faites pas ça, Nicole ! suppliais-je.

Mais il était évident qu'après avoir convaincu sa sœur Laura de ses intentions, Nicole n'accordait guère d'importance à ma mise en garde. Elle éteignit la lampe du salon, alluma quelques bougies sur la table et nous joignîmes les mains, pendant qu'elle rejetait la tête en arrière d'un air théâtral.

— Esprits, si vous êtes parmi nous, manifestez-vous ! répéta-t-elle énergiquement, pendant que l'ombre des flammes dansait sur les murs.

Soudain, nos corps se figèrent.

— Vous avez entendu ? fit nerveusement Nicole.

— C'est la cafetière qui siffle dans la cuisine ! répondit Laura en éclatant d'un rire nerveux.

Ce petit manège se poursuivit encore une demi-heure, sans signe évident de présence extrasensorielle. Nicole répétait sans cesse ses invocations :

— Esprits, si vous êtes parmi nous, manifestez-vous ! Nous entendez-vous ?

Tout à coup, ce qui ressemblait à un claquement de tuyau se fit plus précis.

TOC-TOC-TOC... toc-toc-TOC... toc-toc.

— Écoutez ! fit Laura en tendant l'oreille et en gesticulant pour faire taire Nicole.

Dans la pièce, seul le crépitement du feu de foyer brisait le silence.

— Esprits, nous entendez-vous ? demanda à nouveau Nicole, en haussant la voix.

Soudain, des bruits distinctifs se répétèrent. TOC-TOC-TOC... toc-toc-TOC... toc-toc.

Le visage de Laura, pour qui ces sessions de spiritisme avaient eu jusqu'ici peu d'intérêt, s'éclaira soudain.

— Ils nous entendent et répondent « OUI » !

— Comment le savez-vous ? demandais-je brusquement.

— Écoutez ces bruits longs et courts. J'étais dans les guides dans ma jeunesse et j'ai appris le morse. La première lettre est long, long, long, c'est un « O ». La deuxième est court, court, long, c'est un « U » et la dernière est court, court, c'est donc un «I». Les esprits répondent que «O-U-I», ils sont parmi nous!

Je bondis sur mes pieds.

— Eh bien moi, je ne crois pas que les morts utilisent le morse pour communiquer avec les vivants! Ça sent le canular à plein nez! D'où proviennent ces bruits?

— De la cave, répondit Nicole.

Je courus en direction de la porte de la cave, allumai la lumière et descendis précipitamment l'escalier, suivie des deux femmes. Le plafond était bas, mais j'eus le temps d'apercevoir une silhouette s'enfuir par la porte arrière. Quand je rattrapai le fuyard, il se retourna et je reconnus le propriétaire du 55A, ce jeune homme supposément en fauteuil roulant et vivant de l'aide sociale.

— Vous devez vous demander ce qui se passe, pas vrai? demanda-t-il, visiblement mal à l'aise.

Nous étions tous les deux hors d'haleine d'avoir couru. Il s'assit sur la galerie de son jumelé pour reprendre son souffle.

— Mon nom est Gervais Bergeron. Mais Bergeron est le nom de mes parents adoptifs. Mon nom de baptême est Gervais Rivard, le fils de Louis-Charles Rivard. Après le meurtre de ma mère à la fin des années 80, des voisins m'ont recueilli et élevé comme leur propre enfant. Mais quand ils m'ont appris la vérité sur mes origines, j'ai toujours ressenti une fascination pour cette maison dans laquelle ma famille a vécu pendant trois générations. Quand elle a récemment été transformée en deux jumelés, je me suis juré de revenir vivre sur les lieux de mon passé, pour mieux comprendre et accepter cette tragédie qui a marqué mon enfance.

— Mais pourquoi jouer au fantôme? demandais-je.

— Pour que la maison Rivard soit conservée dans son état original. C'était important pour moi que mes souvenirs restent intacts et qu'on cesse de la rénover. Quand j'ai entendu dire que Paul Perron voulait ajouter une aile pour accueillir sa mère, j'ai voulu l'effrayer pour qu'il déguerpisse. Même chose quand Laura et Nicole m'ont parlé de refaire la véranda.

— Avez-vous tenté de tuer Paul?

— Non. J'étais dissimulé dans le placard et je gémissais pour l'effrayer. Paul était tellement paniqué qu'il a probablement chuté dans l'escalier.

— Et pour Laura et Nicole?

— J'ai seulement voulu les effrayer, elles aussi. Vous n'allez pas porter plainte à la police, j'espère. C'était idiot de ma part, mais je vous jure que mon intention était seulement d'empêcher les rénovations à la maison.

Gervais Bergeron se tourna vers Laura et Nicole, et fit un signe de croix sur sa poitrine.

— Je vous promets de ne plus vous effrayer, ni de vous empêcher de faire vos rénovations.

Les deux femmes se dirent satisfaites, déclarèrent que l'incident était clos et qu'elles ne porteraient pas plainte à la police.

Gervais les remercia et chacun rentra chez soi. Il était déjà passé minuit.

Le lendemain matin, je fus réveillée tôt par un coup de fil de Laura. La voix mêlée de sanglots, elle m'apprit que son voisin Gervais Bergeron venait d'être retrouvé inconscient au bas de l'escalier de sa maison.

L'ange gardien des détenus

Les meurtriers ont quelque chose de fascinant. Qu'est-il arrivé de «particulier» dans la vie d'un être humain pour qu'un jour, tout bascule et qu'il franchisse cette ligne ténue entre le bien et le mal, la légalité et l'illégalité, la vie et la mort? Existe-t-il une «prédisposition génétique au mal» faisant en sorte que notre esprit devient irrationnel ou les meurtriers sont-ils simplement le résultat d'une éducation familiale ou autre qui a mal tourné?

À vrai dire, je ne m'étais jamais vraiment posé la question avant de suivre le procès de Carl Levasseur dans les journaux. L'affaire remonte à deux ans. Carl avait été un étudiant brillant qui rêvait de devenir docteur en chimie. Puis, tout avait bizarrement basculé pour lui. En quelques mois, ce jeune homme de vingt-trois ans avait séché ses cours pour joindre de jeunes désœuvrés qui vivaient sur une ferme abandonnée près de la ville. Carl s'était proclamé le chef de la bande, qui était vite devenue étrange et sanguinaire. Certains fermiers des alentours avaient rapporté la découverte de carcasses d'animaux morts de façon inexplicable. Mais l'affaire qui déclencha l'horreur dans la région fut le meurtre d'une famille de cinq personnes. La police attribua cette tragédie à l'alcool et aux drogues, ce qui n'était pas sans rappeler les tueries du gourou fou Charles Manson et de ses disciples en Californie dans les années soixante. Le procès retentissant de Carl Levasseur s'était soldé par la prison à vie pour tous les membres de la commune.

Les photos des victimes, publiées dans les journaux, restèrent gravées dans ma mémoire pendant des jours. Elles semblaient presque irréelles à côté de la photo de graduation de Carl. Qu'était devenu ce beau garçon qui souriait d'un air angélique? S'était-il transformé en monstre humain?

Pour le savoir, je posai un geste que je n'aurais jamais cru possible de ma part : je décidai de lui écrire au pénitencier...

Le simple fait d'avoir couché sur papier ces questions qui me hantaient jour et nuit depuis le procès de Carl m'apaisa quelque peu. Ma lettre se terminait ainsi :

... et sachez, Carl, que je ne juge pas votre passé monstrueux. Mais quand je regarde votre photo de graduation, je me demande seulement ce qui s'est passé pour qu'un garçon de bonne famille comme vous bascule du mauvais côté. Puisque la société s'est mise à l'abri en vous enfermant pour le reste de votre vie, j'espère seulement que vous trouverez la force de retrouver l'être humain qui sommeille en vous, ce qui pourrait exiger des années d'efforts.

En toute amitié,

Robert Pronovost

Plusieurs semaines plus tard, j'avais presque oublié cette obsession qui m'avait envahi au sujet de Carl lorsque je reçus une bien curieuse lettre du pénitencier. L'écriture était rondelette et très appliquée. On aurait dit celle d'une fillette. La lettre était de Carl Levasseur, désormais considéré l'un des pires criminels des dix dernières années :

... et si Dieu existe, pourra-t-il me pardonner? J'avais tout pour réussir et j'ai tout gâché. Je n'ai jamais voulu devenir un meurtrier célèbre, ni attirer l'attention. On aurait dit qu'une force incontrôlable s'était emparée de moi. À l'époque, j'entendais une petite voix dans ma tête qui me répétait sans cesse d'éliminer les «êtres impurs» autour de moi. Mais c'est fini tout ça. Même en passant une grande partie de ma vie derrière les barreaux, je ne pourrai jamais réparer tout le tort que j'ai causé à la société.

Sincèrement,

Carl Levasseur

Dans les mois qui suivirent, je continuai de correspondre avec Carl. Mes questions étaient de plus en plus détaillées et ses réponses de plus en plus approfondies. Ces échanges me fascinaient, mais malgré mon enthousiasme, je dus constater que Carl passerait le reste de sa vie en prison. Notre correspondance pouvait l'apaiser, lui procurer un certain réconfort, mais cela m'était insuffisant. Des dizaines de criminels sortaient chaque année du pénitencier et personne n'était là pour les accueillir. Ils réintégraient la société dans la solitude totale, abandonnés comme des chiens. Je décidai que je serais là pour eux...

Il suffisait de lire régulièrement les journaux pour s'informer sur les criminels notoires qui achevaient de purger leur peine. Parmi eux, un dénommé Jeff Moreau, un ancien mécanicien qui avait dansé toute la soirée avec sa fiancée Linda au sous-sol de l'église paroissiale en juin 1982, avant que celle-ci ne disparaisse étrangement cette nuit-là. Pour la police, l'affaire fut vite classée : des témoins à la soirée de danse avaient rapporté que Jeff et Linda s'étaient querellés vers 23 h. Linda avait giflé Jeff puis quitté la salle, son fiancé sur les talons. Personne n'avait jamais revu Linda par la suite. La police n'avait jamais eu d'autres suspects dans cette affaire : les présomptions de culpabilité s'étaient immédiatement portées sur Jeff Moreau. Il avait maintenant 47 ans et dans sa première lettre, voici comment il se jugeait innocent du crime dont on l'avait accusé :

> *... après 25 années en prison, croirez-vous que j'en arrive même certains jours à me croire coupable de la disparition de Linda? Je me dis que c'est simplement le rôle que la société attend de moi : la police me croit coupable, le jury me croit coupable, tout le monde me croit coupable! Est-ce que je le suis? Il me faudrait une volonté à toute épreuve pour croire encore à cette «présomption d'innocence» que mon brave avocat entretenait, et que j'avais moi-même durant mes premières années passées en dedans. Mais la prison vous endurcit : pas seulement le cœur, pas seulement la peau, mais l'esprit aussi.*
>
> *Cordialement,*
>
> *Jeff Moreau*

Après toutes ces années en prison, ce n'était pas à moi de présumer si Jeff était coupable ou innocent de la disparition de sa fiancée. Je lui fis parvenir la lettre suivante :

... quand vous sortirez de prison, Jeff, probablement dans quelques semaines, avez-vous songé à votre avenir, à refaire votre vie? Vous avez passé presque un quart de siècle au pénitencier. Dans votre lettre, vous disiez que votre famille vous a abandonné depuis ce drame. Vous proclamez votre innocence, mais vous êtes seul au monde. Si vous avez besoin d'un ami pour vous accueillir et vous trouver un travail en sortant de prison, je pourrai vous aider.

En toute amitié,

Robert Pronovost

Un mois et demi plus tard, je reçus un coup de fil un samedi après-midi. C'était Jeff. Il appelait du terminus d'autobus local et se demandait si je pouvais l'héberger durant quelques jours.

En personne, son apparence contrastait avec le contenu énergique de ses lettres. Jeff Moreau était un être plutôt chétif, le regard fuyant, qui affichait un air sombre. Il portait une veste en jeans et des pantalons sales.

Jeff me suivit à la maison. En entrant, je posai un index sur mes lèvres pour lui signifier de ne pas faire de bruit.

— Ma femme a une crise de foie et reste dans sa chambre à l'étage, alors vous pourrez dormir au sous-sol quelques jours pour éviter de la déranger, dis-je. Pour le travail, je cherche encore.

Il hocha la tête, conscient que se faire offrir un gîte et un travail à sa sortie du pénitencier était un sapré coup de chance. Jeff resta quelques jours, puis se trouva une chambre en ville et je n'entendis plus parler de lui.

Je repris ma correspondance avec un certain Hervé Dupuis, un bagnard qui achevait de purger sa peine pour avoir tué trois femmes à la sortie de l'autobus. Les médias l'avaient surnommé « Le tueur de la 48 », parce qu'il avait commis ses meurtres sur le parcours de l'autobus 48. À 62 ans, ses lettres indiquaient qu'il semblait prêt à reléguer son passé derrière lui :

... ce serait facile de blâmer mon paternel, qui a battu ma mère toute sa chienne de vie. Moi, j'ai été élevé en croyant qu'être un homme, c'était ça, dominer les femmes. C'est ce maudit power trip-là qui m'a coûté la moitié de ma vie au pénitentier ! En dedans, j'ai appris un métier, alors je m'inquiète pas pour la job. Mais mes deux filles m'ont complètement abandonné. Deux belles grandes filles d'environ trente-cinq ans aujourd'hui. Je suis même grand-père, mais j'ai jamais connu mes petits-enfants. La plus jeune de mes filles s'est mariée il y a six mois. Ça m'a crevé le cœur d'avoir manqué ses noces. Mais il faut bien que je paye pour mes erreurs, vous croyez pas ? Merci de me lire et de m'écrire, Robert. Vous êtes comme un ange gardien pour moi.

Avec mes regrets sincères,

Hervé Dupuis

Il y avait, dans les lettres d'Hervé, un tel chagrin et un tel regret des erreurs du passé que j'étais convaincu qu'il écrivait avec des larmes de sang. Chacune de ses missives me troublait, parce que j'y voyais un homme émotionnellement détruit, sans aucune retenue. Son quart de siècle passé « en dedans », comme il disait, l'avait mûri. Dans mes lettres, j'essayais de l'encourager :

... après vingt ou vingt-cinq ans, beaucoup de meurtriers préfèrent regarder dans l'autre direction et ne pas voir leurs crimes en face. Je pense souvent à vous, Hervé, parce que vous avez choisi le chemin le plus difficile et le plus courageux : celui qui consiste à affronter vos démons personnels, dans l'espoir que vous pourrez les dominer quand vous recommencerez une nouvelle vie.

P.-S. — Ne regrettez pas d'avoir raté le mariage de votre fille. Ma propre fille, Marilou, se marie le mois prochain. Si vous êtes sorti à ce moment-là, je vous invite du fond du cœur. Nous boirons à votre nouvelle vie !

En toute amitié,

Robert Pronovost

Ma lettre sembla raviver l'enthousiasme d'Hervé. Quelques semaines plus tard, il répondit qu'il serait enchanté d'assister aux noces de Marilou à sa sortie de prison et se permit même quelques conseils sécuritaires à l'intention de ma fille... pour la prochaine fois où elle prendrait l'autobus, évidemment.

Dans les jours qui suivirent, je me préparai à accueillir Hervé à sa sortie de prison. Cette fois-ci, il était tel que je me l'étais imaginé dans ses lettres. Court et musclé, le tempérament bouillant et le regard constamment sur le qui-vive, comme doit l'être tout bagnard qui a passé des années en milieu carcéral. Il me serra timidement la main, incertain du reste.

— Vous pouvez loger quelques semaines au sous-sol, dis-je. Ma femme est à l'hôpital, mais vous pouvez compter sur ma compagnie et celle de Friscou, le chien de la maison.

Hervé se dit fort heureux de cet arrangement. Mais deux jours plus tard, il manifesta le besoin pressant de retrouver ses deux filles et se mit en route.

L'un des pires criminels avec qui j'ai entretenu une correspondance est certainement Arthur Rioux. Tout comme Carl Levasseur, le premier détenu à qui j'avais écrit, Arthur semblait destiné à un bel avenir. Dans les années 70, il avait étudié dans les collèges privés, avant de tout plaquer pour devenir chauffeur de camion. Ses voyages fréquents dans les régions rurales lui permettaient souvent de faire monter des auto-stoppeurs. Arthur préférait les garçons de treize à seize ans. C'était un pédophile brillant : il lisait leurs magazines, achetait leurs jeux vidéos, bavardait sur Internet, bref, savait mériter leur confiance. Trois ans après avoir décroché le poste de répartiteur à la société de transports qui l'embauchait, un premier cadavre fut retrouvé. Arthur fut accusé d'avoir tué cinq garçons, mais seulement deux furent retrouvés.

> *... ils vont bientôt me relâcher parce que j'ai purgé ma peine, mais ils ne savent pas quoi faire de moi, Robert. Les psychologues disent que la pédophilie, c'est comme avoir une maladie incurable : ma condition se contrôle, mais seulement dans une certaine mesure. Je devrai apprendre à vivre avec les autres, mais surtout avec moi-même. Vous dites que vous serez là pour m'aider, Robert. J'aurai besoin de votre aide plus que jamais. La libération des pédophiles enrage toujours la population locale. J'ai peur d'être traqué comme un animal sauvage pour le reste de mes jours. Les gens voudront savoir où j'habite, la police me surveillera constamment, je devrai rester loin des*

parcs et des terrains de jeu. Quand j'y pense, je me demande si la liberté mérite de payer ce prix-là.

Sincèrement,

Arthur Rioux

À mesure que sa date de libération approchait, je pouvais ressentir toute l'angoisse d'Arthur dans ses lettres. Les pédophiles appartiennent à une catégorie de criminels qui ne peuvent que difficilement mettre leurs actes ignobles derrière eux. Le passé d'Arthur revenait le hanter plus que jamais. Et ce qui le traumatisait tellement, je crois, c'était l'impossibilité de vraiment tourner la page et de refaire sa vie pour devenir meilleur.

... Cher Arthur, je constate toute votre détresse psychologique à la seule pensée d'être bientôt un homme libre. Mais ne minimisez pas la faculté d'adaptation des êtres humains. Vous avez survécu à presque vingt-cinq années d'enfer au pénitencier. Vous êtes maintenant prêt pour une vie meilleure. Vous avez payé votre dette à la société. Je suis convaincu que le succès ou l'échec de votre réhabilitation dépendra en grande partie de votre attitude personnelle. Accepterez-vous de recommencer une nouvelle vie ou passerez-vous le reste de vos jours à fuir et à avoir honte de l'ancienne? Si vous choisissez la première option, je serai là pour vous aider.

En toute amitié,

Robert Pronovost

Ma dernière lettre avant sa libération l'avait touché profondément. Arthur me l'avait dit quand il s'était présenté sans prévenir un après-midi chez moi, deux jours après sa sortie du pénitencier.

— Ce vin italien est super! dit-il en levant son verre à sa liberté retrouvée.

— C'est un Barolo que je gardais en réserve pour les grandes occasions. J'ai d'ailleurs une cave à vin d'environ 200 bouteilles, surtout dans l'italien. Ça vous plairait de la visiter?

Arthur se leva et me suivit allègrement au sous-sol.

Il marchait derrière moi, dans le corridor étroit qui menait tout au fond où se trouvait la cave à vin. Arthur resta bouche bée devant autant de bouteilles de collection. J'en ouvris une autre, cette fois un Amarone 1998, qui lui plut aussi énormément.

Ayant perdu l'habitude de l'alcool, la tête lui tourna et il échappa son verre.

— Je vais ramasser tout ça...

Il s'agenouilla sur le ciment de la cave, à la recherche des éclats de verre. Une faible ampoule au plafond éclairait le plancher. Les mains d'Arthur rencontrèrent alors une dalle de ciment récemment coulée à cet endroit. Dans la demi-pénombre, il lut l'inscription :

— Jeff Moreau...

Puis une autre, encore plus récente : Hervé Dupuis...

En lisant la dernière dalle à son nom, Arthur Rioux releva soudain la tête et je vis la terreur envahir son visage devenu jaunâtre. Paniqué, il tenta de se relever.

Malheureusement pour lui, le poison mortel que j'avais versé dans son verre de vin une demiheure plus tôt commençait à faire effet. Arthur respirait maintenant avec beaucoup de difficulté et il s'effondra sur le plancher.

Depuis six mois, je purge la prison à vie au pénitencier. Un «ange gardien des détenus» m'a récemment écrit pour m'offrir de correspondre avec lui.

Je n'ai pas répondu…

Table des matières

BIOGRAPHIE DE CLAUDE FORAND

Claude Forand a écrit son premier roman d'aventures à l'âge de 15 ans pour un cours de français au secondaire. *Sur la piste des diamants* n'a jamais été publié, mais lui a donné le goût de poursuivre un jour dans cette voie. Après des études en sciences politiques et en journalisme, il s'est dit que la pratique du journalisme lui permettrait de gagner sa vie et de s'adonner à ce qu'il aimait le plus : l'écriture.

Claude a d'abord travaillé près de cinq ans dans des journaux hebdomadaires, où il a appris à connaître et à apprécier la vie dans les petites villes, où tout le monde se connaît et où un journaliste curieux peut découvrir bien des secrets. Quand il s'est installé à Toronto, il a emporté dans ses bagages tout cet univers de personnages très sympathiques, mais souvent intrigants, qu'il avait connus dans ses premières années.

Le travail de journalisme à la pige l'a occupé pendant une vingtaine d'années, notamment pour des magazines scientifiques, d'affaires et d'économie. Claude a aussi été journaliste à Radio-Canada (Toronto) pendant sept ans. Il y a une dizaine d'années, il s'est réorienté vers la pratique de la traduction, qui l'occupe maintenant à temps plein.

Claude a publié son premier recueil de nouvelles *Le perroquet qui fumait la pipe — et autres nouvelles insolites* en 1998. L'année suivante paraissait un premier roman *Le cri du chat*, un polar noir inspiré en partie d'un reportage qu'il avait écrit sur le satanisme, puis, en 2006, un deuxième polar *Ainsi parle le Saigneur*, dans lequel un fanatique religieux commet des meurtres en série.

Claude travaille actuellement à un troisième polar. Entre-temps, il publiait au printemps 2009 un nouveau recueil, *R.I.P. Histoires mourantes*, dont plusieurs nouvelles sont reprises ici.

DANS LA MÊME COLLECTION

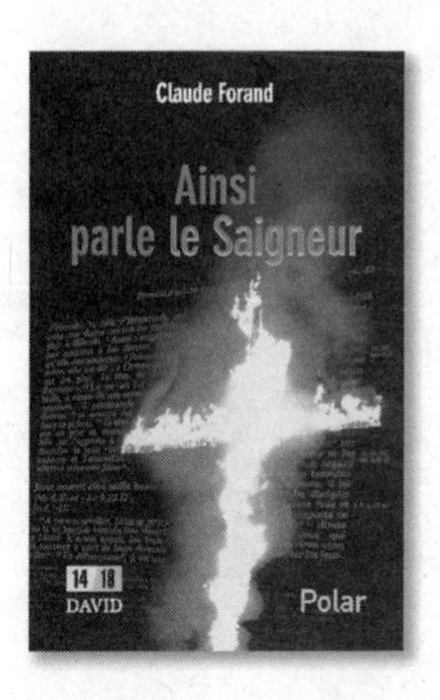

Ainsi parle le Saigneur

Polar de
Claude Forand

Prix des lecteurs 15-18 ans
Radio-Canada et Centre Fora
en 2008

Le Saigneur. Un fanatique religieux qui assassine ceux qui ne vivent pas selon les préceptes de la Bible. Fou de Dieu ou fou tout court ?

À Chesterville, P.Q., ce tueur en série fera ses premières victimes : deux adolescents meurent tragiquement dans leur voiture incendiée. Dans ses messages au journal local, le Saigneur implore : « Arrêtez-moi, avant que je recommence ! »

L'enquêteur Roméo Dubuc, lui, croyait que tout s'arrêterait là. Mais il n'avait rien vu. Et surtout, il ne pouvait pas deviner que la dernière victime du Saigneur subirait le sacrifice ultime. Que Dieu lui vienne en aide…

Ainsi parle le Saigneur, une véritable partie d'échecs qui se joue entre un tueur en série et la police régionale. Intrigue menée à fond de train, suspense soutenu, les fausses pistes et les cadavres s'accumulent.

ISBN : 978-2-89597-080-4 — 208 p. — 18 $

COLLECTION « 14/18 »

Créée par les Éditions David, en collaboration avec le Centre FORA de Sudbury, la collection « 14/18 » s'adresse plus particulièrement aux élèves des écoles secondaires. Elle vise à développer leur goût pour la littérature et ses différents genres : roman, récit, nouvelle, poésie et théâtre.

Tous les titres de la collection sont accompagnés d'un guide pédagogique comportant des explications et des questions sur divers aspects de l'œuvre, notamment les thèmes, la structure, les personnages, la fonction des lieux et du temps ainsi que le point de vue de la narration.

Imprimé sur papier Silva Enviro
100 % postconsommation
traité sans chlore, accrédité Éco-Logo
et fait à partir de biogaz.

Achevé d'imprimer
en mars 2009
sur les presses de Marquis Imprimeur
Cap-Saint-Ignace (Québec) Canada